赵丽宏最新散文精选

赵丽宏 著

浙江文艺出版社
Zhejiang Literature & Art Publishing House

图书在版编目(CIP)数据

赵丽宏最新散文精选 / 赵丽宏著. -- 杭州：浙江文艺
出版社,2023.10
ISBN 978-7-5339-7099-4

Ⅰ.①赵… Ⅱ.①赵… Ⅲ.①散文集-中国-当
代 Ⅳ.①I267

中国国家版本馆CIP数据核字(2023)第004370号

策划统筹	柳明晔	责任印制	吴春娟
责任编辑	周 易	封面设计	仙境 WONDERLAND Book design
营销编辑	余欣雅	内文版式	徐然然
责任校对	许红梅	数字编辑	姜梦冉 诸婧琦

赵丽宏最新散文精选

赵丽宏 著

出　　版	浙江文艺出版社
地　　址	杭州市体育场路347号
邮　　编	310006
电　　话	0571-85176953(总编办)
	0571-85152727(市场部)
制　　版	浙江新华图文制作有限公司
印　　刷	杭州杭新印务有限公司
开　　本	880毫米×1230毫米　1/32
字　　数	165千字
印　　张	8.625
插　　页	4
版　　次	2023年10月第1版
印　　次	2023年10月第1次印刷
书　　号	ISBN 978-7-5339-7099-4
定　　价	45.00元

書趣

書如重山
讀不懂
臥守虫山
好做夢

辛丑九月 趙麟宏

书趣

天籁和乡愁

芦花开放时风中
飘来纺织娘晶
莹的鸣唱震荡者
灵魂居之
颤动此乃
天籁也
是乡愁

辛丑九月
迎望瀛洲 赵丽宏

天籁和乡愁

童年就像一条小河

从生命的河床里流

过流得缓慢而又湍

急你无法把它留住

它的涟漪和浪花会轻

轻拍动你的心

录小说童年河卷首

庚子夏日 赵丽宏

《童年河》卷首语摘录

夏日逢好書讀
之如清風撲面

丁酉小滿 趙麗宏

夏日逢好书

目　录

第一辑

故乡和天涯

第二辑

天香和诗心

第三辑

江南的柔和刚

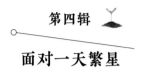

第四辑

面对一天繁星

第一辑

故 乡 和

天 涯

给母亲打电话

母亲的声音，从电话那头传过来，语速很慢，含混不清，仿佛远隔着万水千山。我的话，她似乎听不见，最近经常是这样。母亲在电话里对我说："我老了，耳朵有点聋了。"我为此焦灼不安。怎么办？我在网上搜索助听器，挑选了一款最好的。我想让母亲尽快用上助听器，希望她能恢复听力。

母亲今年98岁了，我每天晚上和她通电话，二十多年没有中断过。不管我走到哪里，哪怕到了地球的另一边，我也要算准时差，在北京时间晚上九点半给母亲打电话。她在等我，如果接不到我的电话，她会无法入睡。和母亲通电话，已经成了我生活中的必须之事。我和母亲通电话，大概超过一万次了吧。

母亲是敏感细腻的人，在电话中，她总是轻声轻气，但思路很清晰。和母亲通电话，话题很丰富，从陈年往事，到日常生活。前些年，母亲喜欢回忆往事，年轻时，她有记日记的习惯，很多大小不一的日记本上，写满了密密麻麻的小字，母亲现在还可以从这些日记本中找到六七十年前的人和事。她总是在电话里问我：还记得你两岁的时候吗？她说，我常常想起你两岁时的样子，我下班回来，你正坐在马桶上，看到我，裤子也不提，就从马桶上跳起来，奔过来，光着屁股，嘴里不停地大声喊着"妈妈、妈妈"。她一次又一次说，说得我不好意思。母亲这样的回忆，使我感觉自己还是个孩子。

儿时的记忆，在我的脑海中清晰地保存着。母亲年轻时体弱多病。有几年，她总是咳嗽吐血。看到她手帕上那些鲜红的血迹，我很害怕。母亲躺在病床上，把儿女们叫到身边，却不说一句话。我们围在床边，看着母亲苍白的面孔、忧戚的表情，感觉世界的末日正在临近。一年年过去，母亲陪着我们成长，子女都逐渐步入老年，她却仍然健康地活着。母亲在，是子女的幸福。母亲在哪里，家的中心就在哪里。我们兄弟姐妹经常从四面八方赶来在她身边聚会，这是母亲最高兴的时候。但是我们无法天天陪在母亲身边，还好可以打电话，每天都可以在话筒中听到母亲的声音。

母亲常常在电话中问我"你又在写什么文章？你又出了

什么新书？"这样的问题，在我年轻的时候母亲从来不问我。我一直以为母亲对我的写作不感兴趣，所以也从不把我的书送给她。但是后来我发现，母亲其实非常关心我的写作，在我家老宅的一间暗室中，有一个书橱，里面存放着我多年来出版的每一本书，这是母亲背着我想方设法收集来的。这使我惭愧不已，我竟然不知母亲对我的关心。从2000年开始，我每出一本新书，都先送给母亲。母亲从老宅搬出来，住进了高层公寓，客厅里有了几个大书柜。但她觉得书柜离她太远，便在卧室的床边墙角自己搭建了一个书架，用的材料都是出版物，几本精装画册充当了支架和隔板。这个自制书架上，放的都是我近年送给她的新书，还有她爱读的几本书。我的好几本新书，都被精心套上了封皮，她爱惜书。书架用一块布帘挡着，也是隐蔽的，不向别人开放。每次去看她，我总要掀开布帘，看看她书架上的变化。这时，母亲不说话，只是含笑看着我，我知道她珍视这个自制的小书架。她说："这是你在陪我。"

有一次，母亲在电话里告诉我，她藏着我的很多手稿。我用电脑写作将近三十年，手边几乎已经找不到年轻时代的手稿了。母亲说："每一张你写过字的纸，我都为你保存着。"电话里，母亲的声音轻轻的、幽幽的，却震撼着我，从耳膜一直到心脏。那次通电话后去看母亲，母亲从她的储藏室搬出两个纸箱，里面都是陈旧的纸张，有的已经发黄发脆。这都是我各种各样的手稿，有些是一次次搬家时留下的书稿，更多的是写得不满意随手扔掉的草稿，最早的已经在她这里保存了五十多年。看着自己年轻时在纸上的信笔涂鸦，再看看在一边淡淡笑着的母亲，我说不出一句话。

母亲性格独立好强，一个人住在八楼的公寓中，一直拒绝请人陪护，也不要钟点工，坚持生活自理，每天把几个房间打扫得干干净净。好在哥哥住在对门，每天会过来照顾她。几个姐姐，也常常轮流来陪她。我的儿子为她买了一部手机，还教会她用手机收发微信，用手机打视频电话。从孙子那里学习新鲜的事情，对她而言是莫大的快乐。但是我不习惯视频通话，每次通电话，还是打母亲的座机。

每天和母亲通电话，内容无非是问安，谈家常。母亲告诉我，每天早晨，她都要到阳台上看望朋友。她的朋友，是阳台上那些盆栽的花花草草，玫瑰、茉莉、石榴、米兰、栀子花，还有一棵铁骨海棠。她会告诉我，今天玫瑰开了几朵，栀子花开了几朵，她说："阳台上的花草都认识我，它们每天在等我，我要和它们说说话。"我问母亲："你和花草说什么？"母亲笑着不回答我，这是她的秘密。

母亲有时候会在电话中告诉我，她晚上梦见父亲了，梦见阿哥了，梦见小妹了，梦见去世八十多年的外公了。她问我："为什么我梦中看见的都是去了另外一个世界的人？是不是他们想我了，希望招我去和他们团聚了？"母亲说这些话时，平静，幽默，没有一丝恐惧感。我不知怎么回答母亲，我说："故去的亲人们一定都希望你健康开心地活着，他们是在祝福你呢。"母亲在电话那头笑着说："我快一百岁了，比他们活得长多了。"

身体的衰老，是无法改变的生命规律。最近，感觉母亲电话里的声音越来越轻，有时还会口齿不清。她的听力在一天天减弱，我说的话她常常听不清楚，所以有时答非所问。我们通话的时间，也在一天天缩短。很多次，我打电话到母亲家，电话忙音。我知道，那是母亲的电话话筒没有搁置好。打她的手机，她也不接。没办法，只能打电话给哥哥，哥哥从对门赶过去，检查了母亲的电话，然后我再打过去。

前些日子，我带着助听器去看望母亲。母亲戴上助听器，高兴地说："好，现在能听清楚了。"看着母亲的笑容，我无法形容内心的欢欣。我想，以后母亲可以像以前一样和我通电话了。助听器的效果，其实并不太好，有时会发出很大的嗡嗡声，母亲很少把它戴在耳朵上。但她总是在电话里夸奖助听器，她说："有了助听器，我不会是聋子了。"我知道，她是想让我高兴，让我觉得这个助听器没有白买。

每次去看望母亲，她总是舍不得我走。离开时，母亲站在门口送我，微笑的眼睛里含着泪水，让我不忍直视她。乘电梯下楼，走出大门抬头看，母亲一定会站在8楼阳台上，探出身子，缓缓地向我挥手。回到家里，我赶紧给母亲打电话，听电话那头传来母亲幽幽的声音。

母亲的听力大概很难恢复了，但我还是每天准时给她打电话。我们无法再像从前那样谈心聊天，不管我说什么，不管我问她什么，她总是自顾自说话。电话里，传来母亲一遍又一遍的叮嘱："你别熬夜，早点睡啊。"

世界上，有什么声响比母亲的声音更温暖、更珍贵呢！

2020年7月6日于四步斋

恩师

2012年1月20日上午，我的手机铃响，屏幕上的来电显示出你的名字：徐开垒。我打开手机，像往常一样，准备和你聊天，但手机里传来的却是你女儿抽泣的声音。她告诉我，你昨天晚上不适送医院，昏迷后再也没有醒来。

我放下电话，脑子里空空一片。前一天，我还坐在你的书房里，看着你慈祥温和的微笑，听你谈过去的事。你怎么突然就走了呢，开垒师！

此刻，独自在家，面对着你几十年来送给我的一大堆书，回忆的门帘缓缓打开，一时难以合拢。远去的岁月，又倒退回来，将很多难忘的情景——重现在我的眼前。

我和你的交往，起始于上世纪七十年代初。那时，我还是崇明岛上的一个插队知青，在艰困孤独的生活中，读书和写作成为我生命的动力。最初向《文汇报》投稿时，我并没有多少信心，《文汇报》的副刊，是明星荟萃之地，会容纳我这样默默无闻的投稿者吗？出乎意料的是，我的一篇短文，竟然很快被发表了。发表之前我并没有收到通知，以为稿件已石沉大海，或许已经被扔进了哪个废纸篓。样报寄来时，附着一封简短的信，我至今还清楚地记着信的内容："大作今日已见报，寄上样报，请查收。欢迎你以后经常来稿，可以直接寄给我。期待着读到你的新作。"信上的落款是：徐开垒。读着这封短信，我当时的激动是难以言喻的。虽然只是寥寥几十个字，对于一个初学写作的年轻人来说，是多么大的鼓舞。

你的名字，我并不陌生，我早就读过你不少散文，你是我心中敬重的散文家之一。你的《雕塑家传奇》《竞赛》和《垦区随笔》，曾经打动过我少年的心。在此之前，我并不知道是你在主编《文汇报》的副刊。对我这样一个还没有步入文坛的初学者，你不摆一点架子。此后，只要有稿子寄给你，你每次都很快给我回信，信里没有空洞的客套话，有的是真诚热情的鼓励。如果对我的新作有什么看法，你在信中会列出一二三四，谈好几点意见，密密麻麻的蝇头小字，写满几张信笺。即便退稿，也退得我心悦诚服。你曾经这样对我说："因为我觉得你起点不低，可以在文学创作这条路上走下去，所以对你要求高一点。如果批评你，你不要介意。"

我怎么会介意呢，我知道这是一位前辈对我的殷切期望。那时，《文汇报》的副刊常常以醒目的篇幅发表我稚嫩的散文和诗，我心里对你充满感激。

你是一个忠厚善良的人，对朋友，对同事，对作者，对所有认识和不认识的读者，都一样诚恳。记得有一年春节前，我去看你，手里提着一篓苹果。那时食品供应紧张，这一篓黄蕉苹果，是我排很长时间的队，花三元钱买的。我觉得第一次去看望老师，不能空着手去。到你家里，你一开始执意不收这篓苹果，后来见我忐忑尴尬的狼狈相，就收下了，说："以后不要送东西，我们之间，不需要这个，你又没有工资。我希望的是不断能读到你的好文章。"这样一句朴素实在的话，说得我眼睛发热。春节过后，你突然到我家来，走进我那间没有窗户的小房间。你说："我知道你在一间没有阳光的屋子里写作，我想来看看。"你的来访，让我感动得不知说什么才好。走的时候，你从包里拿出一大袋咖啡粉，放在我的书桌上。那时，还看不到雀巢之类的进口咖啡，这来自海南的咖啡粉也是稀罕物。以后，你多次来访问我的"小黑屋"，和我谈文章的修改，有时还送书给我。你不是一个健谈的人，我也不善言辞，面对着自己尊敬的前辈，我总是说不出几句话。有时，我们两个人在一盏台灯昏暗的光芒中对坐着，相视而笑，在你的微笑中，我能感受到你对后辈深挚的关切。你是黑暗中的访客，给我送来人间的光明和温暖。遇到你，我是多么幸运！

"文革"结束后，万象更新，那时见到你，觉得你发生了很大变化，以前常常显得愁苦的脸上笑容多了，说话也变得兴致勃勃。1977年5月，上海召开"文革"后的第一次文艺座谈会，一大批失踪很久的老作家又出现在人们面前。那天去开会，我在上海展览馆门口遇到你，你兴奋地对我说："巴金来了！"你还告诉我，《文汇报》这两天要发表巴金的《一封信》，是巴金复出后第一次亮相，是很重要的文章，要我仔细读。在那次座谈会上，我第一次看见了巴金和很多著名的老作家。座谈会结束的那天下午，在上海展览馆门前的广场上，我看到巴金和几位老作家一起站着说话，其中有柯灵、吴强、黄佐临、草婴、王西彦、黄裳，他们都显得很兴奋，谈笑风生。我也看见了你，你站在巴金的身边，脸上含着欣慰的笑，默默地听他们说话。

我读了巴金的《一封信》，这是一篇震撼人心的文章，其中有对黑暗年代的控诉，也有对未来的憧憬，是一颗历尽磨难却没有放弃理想的心灵在真情表白，泣血含泪，让人感动。你约巴金写这篇文章发表在《文汇报》上，是当年文坛的一件大事，可以说是举世瞩目。《文汇报》的文艺副刊，在你的主持下，从此就开始了一段辉煌的时期。很多作家复出后的第一篇文章，都是发在《文汇报》副刊上。副刊恢复了"笔会"的名字，这里名家荟萃，新人辈出，成了中国文学界一块引人注目的高地。

那一年恢复高考，我曾犹豫是不是要报考大学，觉得自己走文学创作的路，不上大学也没关系。我找你商量，你说："有机会上大学，不应该放弃这机会。"你说你当年考入暨南大学中文系，是在抗战时期，大学生活开阔了你的眼界。你还对我说，大学毕业后，可以到《文汇报》来编副刊。你的意见促使我决定报考大学。不久后，我成为华东师大中文系的学生。进大学后，我常常寄新作给你，你还是一如既往地鼓励我。有一天去报社，到你的办公室看你，你正在看一份很长的小样。你告诉我，副刊上要发一篇小说，题为《伤痕》，是复旦大学的一个学生写的，突破了"文革"的禁区。小说能不能发，当时是有争议的，在那个年代，发这样的作品需要勇气和魄力，你的态度鲜明，竭力主张发表。卢新华的《伤痕》问世后，举国震动，开启了"伤痕文学"的先河，成为那一时期又一个重要的文学事件。之后，你又力主发表了表现"红卫兵"悲剧的短篇小说《枫》，还有很多突破禁区的作品。作为一位跨越几个时代的资深报人，你的作为和功绩，在新中国的报纸副刊史上将留下浓重的一笔。

1982年初我大学毕业时，你曾力荐我到《文汇报》工作，最后我还是去了作家协会。虽然有点遗憾，你还是为我高兴，你说："也好，这样你的时间多一些，可以多写一点作品。"1983年我出版第一本散文集时，你比自己出书还要高兴。你说："第一本散文集，对一个写散文的作家来说，是一件大事情，你要认真编好。"我请你作序，你慨然允诺，非常用心地为我写了一篇情文并茂的序文，你在序文中很细致地分析我的作品，谈生活和散文创作的关系，还特别提到了我的"小黑屋"。此刻，我翻开我的第一本散文集《生命草》，读序文中那些真挚深沉的文字，仿佛你就坐在我的对面，在一盏白炽灯的微光中，你娓娓而谈，我默默倾听，推心置腹之语，如醍醐灌顶。

1998年，文汇出版社要出版你的散文自选集，这是总结你散文创作成就的一本大书，你要我写序。我说，我是学生，怎么能给老师写序。应该请巴金写，请柯灵写，这是你最尊敬的两位前辈。你说："我想好了，一定要你来写，这也是为我们的友情留一个纪念。"恩师的要求，我无法推辞。为你的文集作序，使我有机会比较系统地读了你的散文，从上世纪三十年代开始，一直到八九十年代，岁月跨度大半个世纪，你的人生展痕、你的心路历程、你在黑暗年代的憧憬和抗争、你对朋友的真挚、对生活的热爱、对理想的追求，都浸透在朴实的文字中。在不同的时期，你都写过脍炙人口的散文名篇，如《第一株树》《山城雾》《幽林里的琴声》《忆念中的欢聚》《庐山风景》等。对喜欢散文的读者们来说，徐开垒是一个熟悉和亲切的名字。你的文章从不虚张声势，也不故作高深激烈，你总是用你的诚恳和真切走近读者。读你的散文，仿佛是面对一个心地善良的长者，面对一个善解人意的朋友，你以平和朴素的态度、温文尔雅的语调，为读者描绘世态万象，也剖露自己的灵魂。你的文字，如流淌在起伏山间的一道溪流，蜿蜒曲折，晶莹清澈，在不经意中把人引入阔大的天地，使人感叹世界的美好和人心的辽阔。

读你的文章时，联想到你的人品。在生活中，你是一位忠厚长者，你对朋友的真挚和厚道，在文学圈内有口皆碑。你一辈子诚挚处世，认真做事，低调做人，从来不炫耀自己。只有在自己的文章中，你才会敞开心扉，袒露灵魂，有时也发出激愤的呐喊。你写在"文革"中受难的知识分子时，我就常常听见你激动的心声。你的为文，和你的为人一样认真，文品和人品，在你身上是高度统一的。在人心浮躁的时候，你的沉稳和执着，和文坛上那些急功近利、朝秦暮楚的现象形成极鲜明的对照。你后来撰写的影响巨大的《巴金传》，是你一生创作的高峰，你用朴素的语言、深挚的感情，叙写了巴金漫长曲折的一生，表达了对这位文学大师的爱戴和敬重，也将自己对文学的理想和对真理的追求熔铸其中。

人生的机缘蕴涵着很多神秘的元素，言语说不清。你曾经告诉我，如果没有叶圣陶、王统照先生对你在写作上的指引，如果没有柯灵先生的提携和栽培，如果没有巴金和冰心等文学大师对你的关心和影响，你也许不会有这一生的作为。对我，其实也是一样，如果没有你当初对我的鼓励和帮助，我大概不会有今天。"笔会"对我而言，并非发表作品的唯一园地，而你，开垒师，你在黑暗中对我的引领，在艰困中对我的帮助，却是谁也难以替代的唯一。

回想起来，你对我的关心，这数十年来从没有中断过。对我的创作，你一直关注着，我每出一本新书，你都会祝贺我，会对新书做一番评价。在报刊上读到我的新作，你也会打电话来，谈你的看法。我主持《上海文学》后，你对这本刊物就有了更多更细致的关心，在鼓励的同时，也经常给我提醒和建议。我的儿子出生后，最早收到的礼物，是你让女儿送到产院病房里的一个大蛋糕，是你亲自去凯司令预定的一个鲜奶油蛋糕，蛋糕上裱着一个大红"喜"字。我每次搬家，你都会来看我，每次都带着给我儿子的礼物。2002年11月，我和你一起访问香港，我们一起登太平山，一起游维多利亚港，一起拜访曾敏之和刘以鬯等老朋友，一起出席金庸先生的宴请。这一次出访，是我们相处时间最长的一次。我们在海边散步时，你对我说："能和你一起出来访问，我心里说不出有多高兴。"你那时已经耳背，听人说话很费力。有时因为听不清对方的话而答非所问。我提出要为你配一副助听器，我的理由是，这样以后我们说话方便，你笑着答应了。我们找到了一家耳科诊所，请医生检查了你的耳朵，根据你的听力配了助听器。

　　从香港回来后，你打电话给我，希望我为你写一幅字。我说"写什么"，你说"随便你写，我喜欢你的字"。我书写了一张条幅送给你，写的是"君心如朗月，健笔生风华"。你有不少书画艺术界的朋友，你的藏品中有很多大家的作品，我的书法，怎么也轮不到挂在你的房间里。不久后我去看你时，你专门引我到卧室，我看到我的字已经被装裱成轴，挂在你卧室正面的墙上。我知道，不是我的字写得好，是你珍惜我们之间的友情，是器重我这个学生。

　　去年我出版了五卷本文集，我到你家里给你送书。几天后，你打电话来，说这几天一直在读这几本书，很想写一篇书评，但是写不动了，手不能写字，电脑也不会打了。"心里有很多念头，想写出来，但是无能为力，我真的老了。"听你这么说，我很伤感，心想要多来看你。但是事情一多，总是顾不上，有几次你生病住院，我竟然事后才知道，心里不知有多愧疚。

　　去年12月巴金故居开放，你打电话给我，说很想去看看。我说"你什么时候想去，我陪你去"。12月23日，我去你家接你一起去参观巴金故居。那天下午，你显得非常激动。巴金的家，是你熟悉的地方，你曾经很多次来这里看望巴金，采访巴金。这里的每个房间、每扇窗户、每条过道、每个书柜，你都熟悉。在巴金的客厅里，你站在沙发边，面对着那张朴素的旧木桌，泪流满面，久久无语。巴金就是在这张小木桌上写了《随想录》中的大部分文章。你告诉我，很多次，很多次，你就坐在这张书桌旁，听巴金讲他的人生经历，谈他的创作体会。我站在你身边，默默地陪着你，我理解你的激动。在这里，你怎能不怀念这位与你心灵相通、休戚与共的老朋友。你的《巴金传》，凝聚了你晚年的几乎全部心血，也是你和巴金之间友情最珍贵的纪念。

今年1月18日下午，我去看望你。我到花店里买了四盆鲜花，一盆大红的仙客来，一盆金黄的波斯菊，还有两盆绿叶植物。到你家里，我把仙客来放在你的书桌上，波斯菊放在你卧室的床头，两个绿叶小盆景放在书房的窗台上，你抬头就能看见。我说："春节快到了，给你送一点春天的气息。"你拉着我的手，高兴地笑，像个孩子……我走的时候，你送我到门口，脸上是惆怅的表情。我下楼了，回头看你，门还开着，你站在门口看着我。想不到，这就是你我的永别，亲爱的开垒师！

人的生死，是自然规律，谁也无法逃避。活到九十岁，也算是高寿了，但你离开这个世界，一定会使很多人悲伤，曾经得到你提携和帮助的人，何止我一个。好在有你的文字在，有你的真情在，你留在人间的智慧和爱，永远不会被岁月的风沙湮没。

2012年春节于四步斋

我亲爱的故乡

故乡是什么？故乡就是乡土和乡亲。

人类最深沉的感情，是对土地的感情。这种感情绝不是虚无缥缈的，它们很具体。每个人对土地的感情都会有不同的体验和表达方式。很多年前，当日寇的铁蹄践踏我们的大好河山时，诗人艾青写过这样两句诗："为什么我的眼里常含泪水？因为我对这土地爱得深沉……"当时读这样的诗句，曾使很多心怀忧戚的中国人泪珠盈眶，热血沸腾。大半个世纪过去，时过境迁，今天我们读这两句诗，仍然为之震动。为什么？因为，人们对土地的感情依旧。尽管土地的色彩已经有了很多变化，但是中国人对历史、对民族、对祖国、对自己故乡的感情并没有变。说到土地，就使人很自然地联想起与之关联的这一切。古人说"血土难离"，这是发自肺腑的心声。

　　三十多年前，我第一次出国访问，去了美国。在旧金山，我访问过一位老华侨，在他家客厅的最显眼处，摆着一个中国青花瓷坛，每天，他都要摸一摸这个瓷坛，他说："摸一摸它，我的心里就踏实。"我感到奇怪。老华侨打开瓷坛的盖子，只见里面装着一抔黄色的泥土。"这是我家乡的泥土，五十年前，漂洋过海，我怀揣着它一起来到美国。看到它，我就想起故乡，想起家乡的田野、家乡的河流、家乡的人，想起我是一个中国人。夜里做梦时，我就会回到家乡去，看到我熟悉的房子和树，听鸡飞狗跳，喜鹊在屋顶上不停地叫……"老人说这些话时，双手轻轻地抚摸着这个装着故乡泥土的瓷坛，眼里含着晶莹的泪水。那情景，使我感动，我理解老人的那份恋土情结。怀揣着故乡的泥土，即便浪迹天涯，故乡也不会在记忆中变得暗淡失色。看着这位动情的老华侨，我又想起了艾青的诗句："为什么我的眼里常含泪水？因为我对这土地爱得深沉……"

　　艾青是金华人，在他的故乡，他当然就是让家乡人引为骄傲的乡贤。我在美国见到的那位华侨，后来罄其所有，投资家乡的建设，他当然也是乡人心目中的乡贤。他们对家乡的贡献，源于对土地的感情。我想，天下所有被称为"乡贤"的人，都是源于这样的感情。

最近，我在读俄罗斯女诗人茨维塔耶娃的诗。她流亡在法国时，对俄罗斯的土地日思夜想。她曾用这样的诗句来表达她的思念："你啊！我就是断了这只手臂，哪怕一双！我也要用嘴唇着墨，写在断头台上：令我肝肠寸断的土地——我的骄傲啊，我的祖国！"这样震撼人心的诗句，饱含着对乡土、对祖国何等深挚的情感。

对土地的感情，其实就是对故乡的感情，也是对祖国的感情。这种感情，每个人大概都会有不同的经历和体会。我的祖籍是崇明，但我出生在上海市区，在城市里度过了童年和少年。如果没有后来下乡的经历，故乡在我的记忆中也许是模糊的。很多年前，作为一个下乡知青，我曾经在崇明岛上种过田。那时，天天和泥土打交道，劳动繁重，生活艰苦，然而，没有什么能封锁我充满憧憬和想象的思绪。面对着脚下的土地，我经常沉思默想，任想象的翅膀自由翱翔。崇明岛在长江入海口，面东海之浩瀚辽阔，率大江之曲折悠长。崇明岛的形成，来源于长江沿岸的千山万壑，来源于神州大地上的五色泥土，虽是一片沙洲，却是神州的一个缩影。就凭这一点，便为我的遐想提供了奇妙的基础。看着脚下的这些黄褐色的泥土，闻着这泥土清新湿润的气息，我的眼前便会出现长江曲折蜿蜒、波涛汹涌的形象，我的心里便会出现一幅起伏绵延的中国地图。长江在这幅地图上左冲右突、急浪滚滚地奔流着，它滋润着两岸的土地，哺育着土地上众多的生命。它也把沿途带来的泥沙留在了长江口，堆积成了我脚下的这个岛。可以说，崇明岛是长江的儿子，崇明岛上的土地，集聚了我们祖国辽阔大地上各种各样的泥土。我在田野里干活时，凝视着脚下的土壤，会情不自禁地想：这一撮泥土，是从哪里来的呢？是来自唐古拉山，还是来自昆仑山？是来自天府之国的奇峰峻岭，还是来自神农架的深山老林？抑或是来自险峻的三峡、雄奇的赤壁、秀丽的采石矶、苍凉的金陵古都？……

有时，和农民一起用锄头和铁锹翻弄着泥土时，我会突发奇想：在千千万万年前，我们的祖先会不会用这些泥土砌过房子，制作过壶罐？会不会用这些泥土种植过五谷杂粮，栽培过兰草花树？有时，我的幻想甚至更具体也更荒诞。我想：我正在耕耘的这些泥土，会不会被行吟泽畔的屈原踩过？会不会被隐居山林的陶渊明用来种过菊花？这些泥土，曾被流水冲下山岭，又被风吹到空中，在它们循环游历的过程中，会不会曾落到云游天下的李白的肩头？会不会曾飘在颠沛流离的杜甫的脚边？会不会曾拂过把酒问天的苏东坡的须髯？……

荒诞的幻想，却不无可能。因为，我脚下的这片土地，集合了长江沿岸无数高山和平原上的土和沙，这是经过千年万代的积累和沉淀而形成的土地，这是历史。历史中的所有辉煌和暗淡，都积淀在这片土地中，历史中所有人物的音容足迹，都融化在这片土地中——他们的悲欢和喜怒，他们的歌唱，他们的叹息，他们的追寻和跋涉，他们对未来的憧憬……

土地，乡土，这是蕴含着多少色彩和诗意的形象。崇明岛的土地，在我的人生和情感的记忆中，和无数美好的事物联系在一起，在这片土地上生长的，都是美好的事物，有春天金黄的油菜花、红色的紫云英，夏天的滚滚麦浪，秋天的无边稻海，连田间地头那些无名野花也美得让人心颤。这片土地上的植物，最让我感觉亲切的，是芦苇。崇明岛上，到处可以看到芦苇的倩影，在每一条河道沟渠边上，在辽阔的江畔滩涂，在逶迤的长堤上，芦苇蓬蓬勃勃地生长着。春天，芦芽冲破冰雪的封锁，展现着生命的顽强；夏天，芦叶摇曳着一片悦目的翠绿；秋天芦花开放时，天地间一片银白，那是生命辉煌而悲壮的色彩。芦苇曾经为崇明人的生活作出很多奉献，芦叶可以包粽子，芦花可以扎扫帚，芦苇秆可以编芦席，编各种生活器具，可以盖房子，甚至可以用来做引出地下沼气的管道。我曾经用自己的文字赞美过芦苇，写过诗，也写过散文。我当年写的《芦苇的咏叹》，曾以芦苇为寄托，写出了我对故乡、对人生的深沉情感。我的朋友焦晃先生，曾在全国各地的各种场合朗诵这首诗，在焦晃声情并茂的朗诵中，人们可以感受到一个崇明人对乡土的深情。

一棵小小的芦苇，可以凝聚所有故乡的信息和情思。无论走到什么地方，哪怕天涯海角、异国他乡，只要看到芦苇的身影，我都会情不自禁地想起家乡的土地，想起故乡的亲人。这是很神奇的事情，也是很自然的事情。俄罗斯诗人茨维塔耶娃对家乡的花楸果树情有独钟，流亡在国外时，她曾经万念俱灰，她在诗中这样写："一切家园我都感到陌生，一切神殿对我而言都无足轻重，一切我都无所谓，一切我都不在乎。然而在路上如果出现树丛，特别是那花楸果树……"一棵花楸果树，可以把相隔万里的故乡一下子拽到她的面前。她的花楸果树，正如同我的芦苇。

从乡土中生长出来的，还有乡音。崇明人的祖先来自四面八方，东西南北的方言，在这里融合交汇、酝酿繁衍，形成了别具一格的交响。崇明岛的语言，有着极为独特的风格。崇明话中，有苏、浙、沪到华东乃至中国南北方言中的各种声韵和语法，还保留了很多在别处已消失的古语和古音。很多戏曲演员在舞台上模仿崇明话，但我没有听到一个演员能把崇明话真正说得惟妙惟肖，说一两句可以，多说几句便露出了马脚。能把崇明话说得字正腔圆的，似乎只有在这片土地上成长生活的崇明人。我的父亲年轻时就离开故乡到上海创业，但一口乡音至死不改。我在崇明插队落户时，乡音对我有了更为温暖深刻的熏陶和浸润。对崇明话叙事状物抒情生动活泼的特点，我一直为之感慨甚至惊叹。尤其是那些乡间谚语，凝集着故乡人的智慧和幽默。譬如对那些不可能发生的稀罕事，崇明人说"千年碰着海瞒眈"；描绘冬天的寒冷，崇明人说"四九腊中心，冻断鼻梁筋"。而那些歇后语，更是表现了崇明人的机智和幽默，譬如"驼子跌在埂岸上——两头落空"，"毛豆子烧豆腐——一路货"。

乡音脱胎于乡土，对故乡的情感记忆离不开乡音。游子远走他乡时，如果耳畔突然响起熟悉的乡音，那种亲切和激动，语言难以描述。这种感觉，和我在他乡异国看到芦苇时的感觉差不多。前一阵，社会上曾起过争论：是不是要保护方言？其实这是无须争论的，方言，就是乡音，如果消灭了方言，消灭了乡音，那么，中国人的乡情、乡思、乡愁，便无以存身、无以寄托。

现在来说说乡亲。乡亲，就是故乡的亲人，他们未必是你的亲戚，只是在同一片土地上生活，说着同样的乡音，吃着同样的粮食，面对着同样的山水和天空，心怀着同样的悲欢和忧愁。此刻在这里聚会的，大多是我的乡亲。我们在这里谈乡贤文化，必须谈谈对乡亲的认识。如果没有对乡亲的情感，乡贤便是一句空话，或者是假话。

当年，我从上海市区到崇明岛插队落户，在崇明岛工作生活的时间先后长达八年。在我对故乡的记忆中，印象最深刻的，是我的乡亲。我写过一本记录下乡岁月的散文《在岁月的荒滩上》，在书的序言中，我是这样开头的："如果有人问我，到了弥留之际，你的脑海中必须出现几张让你难以忘怀的脸，他们会是谁？我将毫不犹豫地回答：我会想起年轻时代，想起我插队落户时遇到的那些乡亲。在我写这些文字的时候，他们的脸一张一张地出现在我的面前，那些被阳光晒得又红又黑的脸庞，那些仿佛刀刻出来的皱纹，那些充满善意的目光……在我失落迷惘的时候，他们注视着我，向我伸出仁慈的手，使我摆脱孤独，使我明白，即便是在泥泞狭窄的道路上，你可以走向辽阔，走向遥远。"

这些话，是我的肺腑之言。今天站在这里，我的面前又出现了那些善良的面孔，出现了那些仁慈的目光，我的耳畔又响起了他们的声音，那是人间最温暖的声音。四十五年前，我十八岁，背着简单行囊到故乡插队落户。当时情绪低落，觉得自己前途灰暗，所有的理想和憧憬都变成了遥不可及的虚幻梦想，甚至连梦想都不再有。那时，住的是草房，点的是油灯，吃的是杂粮，生活的艰苦，我能忍受，难以忍受的，是精神上的孤独。我每天只是埋头干活，在旁人眼里，我是一个沉默寡言的人，一天到晚说不了几句话。乡亲们在默默地注视我。我觉得和他们没有什么话可以谈，我认为他们不了解我，不理解我。我能感受到他们对我的同情，出工时，他们让我干轻松的活，收工后，他们会送一点吃的给我。但是我想，我最需要的东西，他们不可能给我。我想读书，我想上大学，他们不可能帮我。然而时隔不久，我就发现自己的看法是错的，那些看起来木讷甚至愚钝的乡亲，是天底下最聪明、最善解人意的人。他们虽然不怎么和我交谈，但他们发现了我最喜欢什么，最需要什么。后来有乡亲告诉我，他们发现，这个从城里来的知青，虽然看上去忧郁，也不说话，但只要拿到一本书，甚至只是一片有文字的纸，他的眼睛就会发亮，他就会沉迷其中。知道我渴望读书之后，没有人号召，我所在的那个生产队里的所有农民，只要家里有书，全都翻箱倒柜地找出来，送给我。我记得他们给了我几十本书，其中有《红楼梦》《儒林外史》《初刻拍案惊奇》《二刻拍案惊奇》《孽海花》《千家诗》《福尔摩斯探案集》《官场现形记》等。农民认为只要是书，只要是印刷品，都可以给那个城里来的学生。我来者不拒，照单全收。这些书，有的价值不菲，比如一个退休的小学校长送给我一套《昭明文选》，乾隆年的刻本，装在一个非常精致的箱子里，现在十万块钱也买不来。有的虽然没什么用，但却让我看到了乡亲们金子一般的善心。一个秋天的月夜，一个连自己的名字都不会写的八十岁的老太太，走很远的路，给我送来一本1936年的老黄历，让我感动得落泪。那个月夜，那个老太太，我永远不会忘记。

那时，我经常在收工后一个人坐在高高的江堤上看风景，看芦苇荡，看长江的浩瀚流水，看缤纷绚烂的日落。我的这种举动，在乡亲们的眼里有点奇怪，有点不正常。在这个村子里，不会有人在江堤上一动不动坐一两个小时。他们认为只有两种人会这样，一种是精神病人，一种是万念俱灰、想自杀的人。一个在江堤上看守灯塔的老人，一直在暗中观察我，他盯我的梢，想保护我，拯救我。他是个驼子，满面皱纹中嵌着一对小眼睛，形象极其丑陋。我发现他老是在我身边转悠，有点讨厌他，甚至想驱赶他。一天下午，一场雷雨即将降临，乡亲们都奔回家抢收晾晒的粮食，我一个人跑到江堤上看风景，我想看看大雷雨降临之前天地间的景象。就在我沿着高高的堤岸往下走时，从芦苇丛中冲出一个人，把我紧紧地抱住……我曾经在散文《永远的守灯人》中写过这位善良的老人。

是那些善良智慧的乡亲，用他们的关心和爱，帮助了我，教育了我，让我懂得，人间的美好感情，是任何力量也无法消灭的。

我离开插队的村庄时，村里的男女老少都出来送我。在村口，他们拉着我的手，喊着我的小名，让我无法举步。这样的情景，我永远也不会忘记。我想，无论我走到哪里，哪怕身在天涯海角，我的心和故乡的亲人之间会有一根无形的线永远连系着，没有人能把它割断。这种感情，就像儿女和父母的感情。在中国人的传统中，父母在哪里，故乡就在哪里，父母的形象就是故乡的形象。游子对故乡的思念，犹如儿女对母亲的思念。

在崇明岛上，乡亲之间虽然没有血缘关系，却对年长者称寄爷，称寄娘，称伯伯，称妈妈，这样的称呼，把人与人之间的关系拉得很近，很亲密，乡亲之间，亲如家人。我相信，这样的称呼，将天长日久地延续下去，因为，人间需要这样的感情。

对土地的感情，对乡亲的感情，对故乡的感情，是人间最深挚的感情。如果要用一个词来描绘这种感情，我想用"永恒"这个词。人间的这种美好的感情，是永恒的，它绝不会因时过境迁而改变，而失色。

2015年6月于崇明岛

我是中国人！

三十四年前，我第一次出国。

那天下午，在墨西哥城，我们几个中国作家走进特奥蒂瓦坎古城时，周围几乎没有人影。贯穿古城的"亡人大道"在暮色中伸向远方。大道的尽头是太阳金字塔，一座古老雄伟的古塔，古代墨西哥人用血汗和生命垒起它，似乎就是为了向后代子孙彰显自己的智慧和力量。就像中国的万里长城一样，这里吸引了无数外国人的目光。我们在"亡人大道"上行走时，一群穿红着绿的欧洲游客从一座古庙的残垣后面突然走出来，擦身而过时，他们用惊异的目光看着我们，仿佛打量着几个天外来客。走近金字塔时，已经暮色四合，远方的塔影轮廓模糊了，模糊得几乎和深紫色的天空融为一体。这时，远处隐隐约约有两个人迎面而来。走近了才看清楚，是一对青年男女，女的是金发碧眼的白种人，男的黑头发黄皮肤。看到我们，那男的便微笑着迎上来，脸上的表情有点激动："你们是日本人？"原来是一个日本人，他以为我们也来自日本。

"不，我们是中国人。"我大声回答。

那日本人先是惊愕，然后面露失望之色，匆匆挥了挥手，携着他的金发伴侣急急忙忙走了……

离开特奥蒂瓦坎时，我的耳畔老是响着那个日本人的问话："你们是日本人？"

这样的提问，那时在国外似乎已听得耳熟了。在美国，在飞越墨西哥湾的美国飞机上，在墨西哥许多吸引国外旅游者的名胜之地，那些美国人、欧洲人，甚至墨西哥人，见面总以为我们是日本人。我已经记不清自己重复了多少遍："我是中国人。"

尽管在听到"我是中国人"之后，那些发问者除了惊讶，总是表现得十分友好，但作为中国人，心里总有点不是滋味。为什么老是要被人当作日本人呢？中国人和世界总人口之比是一比四，中国和日本人口之比是六比一，大海一样、群山一样、森林一样的中国人离开了自己的本土就要被当作日本人，岂不气人、恼人、羞人！可是静下心来想想，也是事出有因——那时在国外，那些穿着旅游鞋，背着照相机，兴致勃勃飞来飞去到处旅行的黑发黄肤者，大多是日本人。日本跨国公司的招牌，日本产品的广告，几乎遍及了世界各个角落。而能出国旅游的中国人，实在少得可怜，也难怪外国人要把我们当日本人了。

在国外，我喜欢逛书店，也希望在国外的书架上找到被翻译成外文的中国书籍，但是结果总是让我颓丧。那次在墨西哥城最大的一家书店里，找遍了所有的书架，只看到一本被翻译成西班牙语的《道德经》，是一本薄薄的小书。

和国外的作家交流时，感觉也是不对等的。中国的作家，对外国文学的了解，远远超过外国人对中国文学的了解。外国作家也许知道老子、孔子，知道李白、杜甫，对现当代文学，却一无所知，知道鲁迅和巴金的人也不多。和外国作家交流，可以谈古代的事情，而关于中国的近现代，尤其是当代文学，根本无法交流。

这样的情景，使人不得不回想起那些让人心酸的历史。古老的中国曾经像一座森严的古堡，堡垒中的有些人自以为这里的画栋雕梁和小桥流水便是世上最完美、最辉煌的，于是紧锁门窗，任凭白蚁在红漆斑驳的立柱中筑巢，任凭蜘蛛在尘灰弥漫的栋梁间吐丝结网。西方的炮火曾经横蛮地轰击过她，古旧的院墙上出现了豁口，洋人们狂风骤雨般闯了进来——军士在京城放火杀人，政客趾高气扬地出入宫廷，商人在市场上叱咤风云，也有衣着简朴的传教士，骑着毛驴行走在崎岖的乡间小路上……中国人追求幸福，渴望现代化的梦想，其实也从未间断过。出国寻梦，对很多华人而言也是一段段梦魇。一百多年前，那些离开故土的中国人，曾经像猪猡一样被人塞在船舱的最底层，倘若能活着抵达彼岸，也只能在异乡续写一部新的血泪史。有些人则挤在五等船舱里，于窒息的幽暗中做着富国兴邦的梦，这梦就像太平洋一样渺茫。早年去国外的中国人，大多是去做苦力。也有一些知识分子出国留学，历经艰辛，学成立业，为中国人争了光。新中国成立后，中国人扬眉吐气，挺直了脊梁，从前的屈辱和颓丧成为一去不返的历史。那些从海外归来的科学家，成为新中国科学事业发展的栋梁。

我第一次出国，也到了美国。在旧金山，我曾经访问一位老华侨，在他家客厅的最显眼处，摆着一个中国青花瓷坛，每天，他都要深情地摸一摸这个瓷坛，他说："摸一摸它，我的心里就踏实。"我感到奇怪。老华侨打开瓷坛的盖子，只见里面装着一抔黄色的泥土。"这是我家乡的泥土，六十年前，漂洋过海，我怀揣着它一起来到美国。看到它，我就想起故乡，想起家乡的田野、家乡的河流、家乡的人，想起我是一个中国人。夜里做梦时，我就会回到家乡去，看到我熟悉的房子和树，听鸡飞狗跳，喜鹊在屋顶上不停地叫……"老人说这些话时，双手轻轻地抚摸着这个装着故乡泥土的瓷罐，眼里含着晶莹的泪水。那情景，使我感动，我理解老人的那份恋土情结。怀揣着故乡的泥土，即便浪迹天涯，故乡也不会在记忆中暗淡失色。老华侨告诉我，从前，作为一个中国人在海外生活，情感是复杂的，他思念家乡，爱自己的祖国，但又为祖国的积贫积弱心痛。说自己是中国人时，百感交集，常常是苦涩多于甘甜。然而，新中国成立后，情形不同了，说"我是中国人"时，感觉腰杆硬了，底气也足了。尽管中国还是贫穷，但她是一个苏醒的巨人，正在大步往前走。当时，我国的改革开放开始不久，但巨人的脚步已经震动了世界。

然而，走出国门看世界，在那时对大多数中国人来说还是很遥远的事情。那位老华侨曾经这样说："中国人要出一次国，比登天还难。什么时候我可以在家里接待来自家乡的人呢？"

"我是中国人，我是中国人！"我曾经在国外一遍又一遍地自我介绍。尽管心里有点憋屈，但我还是理直气壮、自豪而又自信地宣布自己是中国人。那次回国后，我曾在一篇文章中这样感叹：

　　"我是中国人！"在远离祖国的地方，我一遍又一遍地说着。今后，一定会有越来越多的中国人像我一样，走出国门，骄傲而又自信地向形形色色的外国人这样说。所有人类可以到达的地方，中国人都可以到达也应该到达。我相信有这样一天，当"我是中国人"的声音在远离中国的地方连连响起时，那些蓝色的、棕色的、灰色的眼睛再也不会闪烁惊奇。

三十多年中，我不断有出国访问的机会。当年在异域旅行时的那种孤独感，已经渐行渐远。在任何国家，哪怕是在一些不太著名的小城镇，都会遇见中国人。更让人欣喜的是，到处都会有素不相识的外国人用流利的汉语大声招呼："中国人，你好！"

2001年夏天，我来到澳大利亚。那是一个夏日的夜晚，在维多利亚州菲利普半岛，来自不同国家的旅游者在一片海滩上聚会，为的是同一个目的：看企鹅登陆。每天晚上，会有大批企鹅从这里上岸，一年四季，天天如此。这是澳洲的一个奇观。坐在用水泥砌成的梯形看台上，看着夜幕下雪浪翻涌的大海，海和天交融在墨一般漆黑的远方，神秘难言。坐着等待时，听周围的人说话也是一件很有意思的事情。到这里来的人中，有说英语的，有说法语的，而耳畔出现最多的语言，竟然是汉语！而且有各种各样不同的汉语方言，普通话、广东话、闽南话、东北话、四川话、苏北话，还听到两个老人在说上海话。在远离国土万里之外的海滩上，听到如此丰富多彩的汉语，那种奇妙感和亲切感，真是难以言喻。又想起十六年前我访问墨西哥，在玛雅古迹游览时，没有人相信我来自中国大陆。时过境迁，十六年后，坐在南太平洋的海岸上，竟会遇到这么多中国人。

2012年秋天，访问了荷兰，有机会去了一趟画家维米尔的故乡代尔夫特。这是一个古老的欧洲小城。在一条显得冷清的小街上，我走进一家书店，本以为在那里很难看到中国的文学作品，没有想到，在书店入口处最显眼的地方，陈列着刚刚出版的英文版莫言的小说《生死疲劳》。大红色的封面，层层叠叠，堆得像小山。很多荷兰人站在这座"小山"边，静静地翻阅着。当时，在外国的书店里看到中国的书，已经不是稀奇的事情了。

2017年春天，在摩洛哥的卡萨布兰卡，我走进那家因电影《卡萨布兰卡》闻名世界的咖啡馆，一个戴着红帽子，穿着和当年电影中人物完全一样的服务员迎上前来，笑着用汉语大声说："你好！欢迎！恭喜发财！"我发现，咖啡店里的顾客，有一半是中国人。大厅中间最显眼的座位上，坐着四个举止优雅的中年女士，是中国来的旅游者，正轻声用上海话交谈。"中国大妈"的形象，也在悄悄改变。

2018年夏天，在遥远的智利，我走进大诗人聂鲁达在黑岛的故居。迎接我的智利诗人们微笑着用汉语说："你好！欢迎！"聂鲁达基金会在这里为我举办了一场朗诵会，发布我在智利出版的西班牙语版的诗集《疼痛》。在聂鲁达曾经激情吟唱的大海边，人们用西班牙语和汉语朗诵一个中国诗人的诗。这真是梦幻一般的情景。

前不久，我和莫言一起访问阿尔及利亚。在阿尔及尔，我们走进一家临街的法语书店。在琳琅满目的书架上，我们看到很多被译成法语的中国当代文学作品，莫言发现了两本自己的法译小说。离开书店时，书店主人大概认出了莫言，大声喊道："莫言！China！"

现在，中国每年有超过一亿人出国旅游，中国人每年乘飞机超过六亿人次。在世界的任何地方，都会遇到中国人。如果时光退回到七十年前，谁会想到辽阔神秘的世界会离中国如此近呢！在国外，几乎已经没有机会介绍自己是中国人了，因为人人都知道，没有必要再说。可是，在我心里，这五个字比从前更使我感到骄傲："我是中国人！"

2019年4月9日于四步斋

历史的窗户

过去的一切，都属于历史。历史不会消亡，它凝固在被定格的一个个时光瞬间，长存于世界的记忆，传承于人类的思想中。写在精装史书中的历史，也许并不完整，甚至常被扭曲。而真实的历史，即便只是一些依稀斑驳的画面，只是片言只语，却有着强大的生命力，可以让时光倒流，把人带回到那些曾经发生过的场景之中。

此刻，我面对着一本小小的集邮册。这是我童年时代的纪念物。小时候迷恋集邮，很多知识都来源于邮票。这本集邮册的邮票，都是新中国成立前后的老邮票，当时搜集这些邮票，有一个简单幼稚的想法：新中国成立于1949年，我要把新中国在这一年发行的邮票都搜集全。对一个不满十岁的孩子来说，要实现这样的想法，其实很难。1949年中国发生的大事，并且值得为之发行纪念邮票的，我只知道新中国成立，每年十月一日过国庆节，都在提醒并且重温这件大事。1949年，新中国发行了多少邮票，我至今也不清楚。

这本邮册的第一页中，是我搜集到的一些发行于1949年的邮票。这些邮票，使我知道了和建立新中国有关的一些历史事件。最早的一枚邮票，淮海战役胜利纪念邮票，发行于1949年1月10日，发行部门是华东邮政，面值30元。那是一枚印刷粗糙的长方形邮票，灰绿的单色，宽不到一寸的小小画面中，有淮海战役的地图，还有解放军战士举旗挥手、欢庆胜利的版画。淮海战役是解放战争三大战役中最惨烈的一场大战，也是使中国命运发生重要转折的大事件。这样重大的历史事件，被凝缩在一张小小的邮票中，让人想象当时漫卷大地的炮火、硝烟，冲锋陷阵的战士、弹孔累累的军旗……

邮册第一页中，还有三张色彩各异、画面相同的邮票，也是由华东邮政发行的。这套邮票，比淮海战役胜利纪念邮票发行稍晚，画面上是两幅并列的地图，左面是南京地图，右面是上海地图，地图上方有一行字："南京上海解放纪念"。这是解放军解放南京和上海后发行的纪念邮票。淮海战役之后，解放军大军南下，势如破竹，1949年4月23日解放南京，5月23日解放上海。这套邮票的发行时间应在1949年的春夏之交。

发行"南京上海解放纪念"邮票之后不久，华东邮政又推出一套中国人民解放军成立22周年的纪念邮票。这套邮票共有五枚，图案同一，色彩相异。画面的左上方是八一军旗，右上方是毛泽东和朱德并列的头像，画面下方是列队前进的解放军战士。这套邮票，向人们宣示了一个历史的大趋势：解放军正在势不可当地完成解放全中国的大业。在我的邮册中，这套邮票完整无缺。

邮册中还有一枚绿色的邮票，是为第一届全国政协会议召开发行的纪念邮票，面值100元。邮票的图案也是单色版画，画面上方是一只大灯笼，灯笼上印着人民政协的会徽，画面下方是天安门城楼和华表石柱。邮票的右上方直排印着三行文字"庆祝/中国人民政治协商会议/第一届全体会议"。第一届全国政协大会召开的时间是1949年9月21日至30日，这是为新中国商定建国方针大计的重要会议，是开国大典的准备和前奏。这枚邮票的发行者是"中华人民邮政"，邮票的左下方有"纪1"字样，是新中国筹建之初发行的第一套纪念邮票。这套邮票总共四枚，我只找到了其中的一枚。

1949年中最重要的事件，当然是新中国的成立，是开国大典。我的邮册第一页中有两枚开国纪念邮票。一枚是新中国成立当年发行的纪念邮票，面值35元，旅大邮电管理局发行。画面正中是毛主席挥动左手的半身像，背景是五星红旗，画面左边是圆弧形的城墙，城墙上排列着邮票的主题文字：中华人民共和国成立纪念。画面下方，是欢呼的人群。

这枚邮票，绘画的技巧不算高明，领袖人像也比例失准，但却是当时少见的彩色印刷，背景中的国旗鲜红夺目。邮票中的毛主席头戴帽子，和我们后来看到的开国大典纪录影片中的形象是一致的。我搜集到的另一枚开国大典的邮票，是新中国成立十周年时发行的纪念邮票。这是很著名的一张邮票，精细准确的构图，深红的单色印刷，面值20分。画面中，毛主席站在天安门城楼上宣告新中国成立，环列在他身后的人物中，可以看到一批开国元老的身影：朱德、刘少奇、周恩来、董必武、宋庆龄、李济深、张澜、林伯渠、郭沫若。这两枚开国纪念邮票，一枚是一位老先生送给我的，新中国成立十周年纪念邮票是当时花两毛钱从邮电局里买来的。

我的邮册第一页中，还有一套国徽特种邮票，共五枚。这是新中国成立后发行的第一套特种邮票。这一套邮票，是我从老人们的信封上一张一张剪下来的，能够集齐，对一个刚刚上学的孩子而言，是很不容易的事情。

这些邮票，真实地定格了新中国成立之初的历史。那是一扇扇历史的窗户，这些窗户，尽管朴素简陋，但从中透露出的那种清新和刚健，那种生机勃勃的气息，现在回看，还是那么动人。

2019年中秋节于四步斋

在夕照中等待

三十七年前，我搬进浦东的一个居民新村，六层楼的建筑，住在五楼。每天下午四点以后，太阳偏西，天渐渐暗下来。这时，门外的楼梯上，会响起伴随着拐棍点地的脚步声，经过我的门口，又缓缓下楼。大约半小时之后，那声音又从楼下传来，经过我的门口，慢慢上楼。我起初的判断，这是一个老人，或者是一个病人，可让人不解的是，为什么天天在这时候下楼又上楼？我无法抑制心中的好奇，一天傍晚，脚步声从门口经过时，我开门察看，只见一个身材高大却瘦骨嶙峋的老人，佝偻着身子，一手扶着楼梯栏杆，一手拄着拐杖，艰难地从楼上下来。我和他打招呼，问他下楼干什么。他回答我五个字："等《新民晚报》。"

原来，他每天下楼，就是为了等邮递员，为了等着读他家订的那份《新民晚报》。一楼到六楼要走100多级楼梯，对这位衰弱的老人来说就像是一场马拉松，但他每天为一份晚报上上下下，坚持不懈。我也订了一份晚报，邮递员每天会把晚报投放到信箱里。有几次我去开信箱，看到那老人坐在门口的花坛边上，埋头在手中的一张晚报中，读得聚精会神。他的手在颤抖，报纸在他手中晃个不停。他的鼻尖几乎碰到报纸，眯缝的眼睛里，闪露出欣喜而满足的目光。楼下的邻居告诉我："这位老公公九十岁了，一张《新民晚报》是伊命根子，勿看见晚报，伊会在门口一直等到天墨墨黑。"

老人天天下楼等晚报，他的儿子和媳妇很不放心，又无法阻拦他，索性停止了订阅。老人不知道家里已经不订晚报，还是每天按时下楼来等。但是很奇怪，每天，他仍然可以从邮递员手中拿到一份晚报，一个人坐在花坛里一直读到天黑。我遇到送报的邮递员，问他是怎么回事。邮递员是一个小伙子，他说："老人喜欢看晚报，这是他生活中最大的乐趣。他家里不给他订报是不对的。他们不订，我还是每天送给他。"有一天，晚报因故没有及时印行递送，老人坐在门口花坛边等到天黑，被子女架着回到了六楼。第二天上午，邮递员把隔夜的晚报送到了六楼，但老人已经离开人世。他生命中最后的祈望，是阅读当天的《新民晚报》。

在《新民晚报》复刊四十周年的时候，我很自然地回忆起这件往事，这是一个很有象征性的故事。那时晚报才刚刚复刊不久，上海老百姓对晚报的期待和喜欢，是生活中一件重要的事情。每天傍晚，千家万户都在期待着送晚报的邮递员。人们喜欢《新民晚报》，是因为它贴近老百姓的生活，每天的报纸上，都有鲜活的文字，有大家关心的信息。我为《新民晚报》写稿，也差不多有四十年的历史了，在"夜光杯"副刊上发表过多少文章，已经难以记数。为晚报写稿，有很多难忘的记忆，也使我和读者之间架起了奇特的桥梁。有一次，我收到一个年轻女孩的信，她因为生活和爱情不如意，产生轻生的念头。她爱写诗，却对前途无望，想结束自己的生命。收到这样的信，我很难过，也非常焦急。我当天就写回信劝慰她，却无法寄给她，因为她没有留下地址。情急中，我想到了《新民晚报》。我把回信交给和我联系的"夜光杯"编辑贺小钢，几天后，这封信以《一封无法邮寄的回信》发表。那个女孩每天看《新民晚报》，她看到了我写给她的信。悲剧没有发生，她的人生道路仍在继续。

和我联系的编辑贺小钢，是一位细致而严谨的好编辑，我们开始联系时，她还是刚从大学毕业的小姑娘，现在已经退休了。时光无情，岁月催人老，但文化的传承生生不息，《新民晚报》依然保持着年轻的活力。每天傍晚，上海的老百姓仍在夕照中等待着这份让人亲近的报纸。

故乡的花

故乡的记忆中，一定会有花的色彩和气息。

我的家乡崇明岛，就是一个一年四季鲜花盛开的岛。我年轻时代在崇明插队落户，家乡的花，留给我无比美好的印象。我曾在油灯下写诗，写日记，鲜花常常成为我抒写的对象：油菜花、紫云英、梅花、桃花、梨花、杨花、槐花、合欢花、蚕豆花、荞麦花、棉花……即便是田头路边的野花，荠菜花、鹅藤藤花、马齿苋花，还有无数我无法叫出名字的小野花，也一样美妙，一样生机盎然。哪怕是在荒凉的盐碱地上，倔强的盐碱草也会开花，那些开在寒风中的紫色小花，真是生命的奇迹。而崇明岛上最壮观的花，是芦花。在河畔，在田头，在辽阔的江滩上，到处可以看到芦苇的身影，秋风起时，遍地芦花，那银色的花海，是天地间美妙的奇观。

想一下，如果天地间没有了花，这个世界会是多么单调。

现在，第十届中国花博会正在崇明岛举办，这是天下鲜花的盛会，也是生命的聚会。每一朵鲜花，都是生命的写照；每一朵鲜花，都凝结着对一片土地的深情；那是故乡的微笑，是乡愁的容颜，是人类和大自然的对话，是万类生灵交流互爱的结晶。无数鲜花汇合在花博会中，铺展出盛世花开的壮美景象。

我们用"故乡与花"为题，为花博会征集诗歌，牵动了无数诗人对故乡的怀想，故乡和鲜花连在一起，产生了诗的灵感。在阅读这些来自全国各地的咏花诗篇时，我想起了五十年前在崇明岛插队落户时写诗的情景。那时，常常是在一盏油灯昏黄的火光中，把心里的感慨和憧憬写在日记本中，其中就有对花的赞美。当年的日记还在，那时咏花的诗篇还在，现在读它们，可以把我拽回到年轻的时代，把我带回故乡，重新被大地上清新的花气陶醉。岁月流逝，时光不返，在新陈代谢和沧海桑田的变迁中，有些永恒的印象藏在记忆中，难以泯灭。故乡的花，就是这样的记忆，它们生生不息地在大地上蔓延着，也在记忆中不断地绽放。

当年的日记中，有一组咏花的短诗，题为《花之杂咏》，写在五十年前，现在重读，能让我重返故乡，重温青春的美好气息。且抄录如下：

桃花

你知道吧，这些日子，
村头的桃林像一片粉红色的云。
她们是春天羞涩的表情，
她们使我想起你脸上的红晕。

梨花

下雪的日子她们躲在树枝里，
暖风一吹，她们花开如白雪。
是叫人庆幸摆脱了寒霜的纠缠，
还是引人追忆隆冬里的冰清玉洁？
看她们摇曳生姿的模样，
仿佛在说：当然是春天好，
埋藏在心里的杂色尤怨，
在春雨里通统开成纯洁的白花。

蚕豆花

白色、紫色和黑色，
构成了她们的形象。

有人说她们"黑心肠"

象征着阴险和死亡。

我却把她们看作春天的笑容，

世界上，每个笑容都不一样，

只要是真诚的笑，

都应该受到赞赏。

她们的笑容孕育着绿的果实，

这样的笑容难道你忍心诅咒？

荠菜花

最不起眼却最是清新

田头路边到处是她们的踪影。

小河里溅出的滴滴春水，

天上落下的点点晨星。

荞麦花

因为朴素而不登大雅之堂，

可谁能否认她们的纯真？

花谱上找不到她们的名字，

美丽的风姿依然属于她们。

天然的柔美远胜过刻意的装扮，

再细微的春色也逃不过热爱自然的眼睛。

紫云英

贴地而生她们是最卑微的草，
遍野怒放她们是最亮眼的花。
绿色的大地袒露红色的心，
春雨重燃烧着赤诚的激情……

　　读这些年轻时代写的诗，我有点感动，不是被自己的文字，而是被故乡的亲切，被大自然的清新所感动。不管是在什么时代，大地上的花草总是向人类传达着生命的活力和美。

2021年仲夏于四步斋

忆蜀山

脚下的石板路，沿着依山傍河的小街蜿蜒。路面石板经历了千百年风雨，被无数代人的鞋底踩踏，虽斑驳不平，却光滑如玉。石板路的中间是空的，石板下面是排水沟。在石板路上行走，可以听见自己的脚步声，走得急时，扑通作响，仿佛是从遥远的地方传来了鼓声。

走在镂空的石板街上，不仅能听见脚步声，还隐约有流水的声音，那是河水的韵律，是山泉的吟哦，是积水从屋檐滴落在街边石条上的回声。小街的两边，都是古旧的砖木房屋，精致的木门木窗，斑驳的粉墙，墙角的青苔，呼应着墙上那些留存着岁月痕迹的店招和标语。小街两边的房屋间，不时出现一条条极窄的小巷，仅可容一人侧身穿过，如深山中那些"一线天"。小巷虽不长，却让人感觉幽深，因为小巷两边尽头的风景不一样，一边，是绿意蓊郁的山景，是山脚下茂密葳蕤的兰草灌木，另一边，是波光潋滟的河景，河水在斑斓天光下流淌。

小巷尽头的山，是蜀山；小巷尽头的河，是蠡河。

五十多年前，曾经踯躅在蜀山脚下。那时，我还是18岁的少年，第一次远离家门，在这里做木匠谋生。我的住地在离蜀山不远的一个村庄里，经常来蜀山脚下干活。遇见蜀山古镇时，心情郁闷，身体疲惫，没有旅游者的心情，但是古镇上的景象，还是让我惊奇。

对蜀山古镇的第一印象，是镇头那座蜀山大桥。这是蠡河上的一座古老的石头拱桥。初春之晨，稀薄的晨雾还在河面飘漾，蜀山大桥却是一番热闹的景象。高高的桥面上，行人熙熙攘攘，小贩在桥上摆摊，卖水果、蔬菜和日用百货，人们在桥上大声吆喝，讨价还价，也有人站在桥头拉家常。桥下，暗绿色的蠡河水在流动，河上船只来来往往，桥上的行人和桥下的船工高声应和，互相打着招呼。稍大的木船从拱桥的圆洞中穿过去时，有一番惊险的场面。艄公站在船头上，挥动一根长长的竹篙，在河面和桥墩上撑击点舞，船上的人和桥上的人都在紧张地大呼小叫，唯恐木船撞到石桥上。最终的结果，总是木船安全地穿过了桥洞……这景象，很像是《清明上河图》中那座大桥。走在这样的桥上，挤在杂色的人群中，我突然觉得自己成了《清明上河图》中的人物。

那时走过蜀山老街，总是脚步匆匆，没有看风景的闲情逸致。但是街上总有些独特的景物吸引我。蜀山镇附近，几乎家家户户都在做紫砂茶壶，那是天下少有的情景。做茶壶的人，男男女女，老老少少，不可胜数。他们有的沿街坐着，有的在门户敞开的堂屋里，也有的在河畔的石桥边，在路边的树荫下，坐在低矮的板凳上，面对着一张质朴的木桌，盆盘中堆着紫泥，桌上摆着简单的工具，有一人埋头独作，也有二三人围坐合作。让人惊叹的是制壶人那些灵巧的手，紫泥犹如柔软的糯米糕，被这些手敲打着，揉搓着，拿捏着，搓刮着，塑造成一把把形态各异的茶壶。这些未经烧制的茶壶泥坯，看上去就是完美的艺术品，玲珑温润，闪烁着紫红色的光泽。

那时无知，曾以为这些紫红色的茶壶就是成品，晾干后就是可用的茶壶。后来才知道，它们必须送进窑中经烈火焚烧，才能脱胎成紫砂壶。由砂石泥土变成紫砂茶壶，是一个奇妙的过程。而这个过程，就在蜀山周围完成。

我曾经问街边的制壶人，在哪里烧制这些紫砂壶，他们指着近在咫尺的蜀山说："就在山上。"我抬头看蜀山，只见山上云气飘旋，那是烧窑的柴火在冒烟。

做紫砂壶是蜀山人的日常生活，也是他们的生计。蜀山人离不开紫砂，而那些做紫砂壶的高手，也是蜀山人的骄傲。

古镇上有好几家茶馆，每天早晨，茶馆里人头攒动，很多人坐在茶馆里喝茶聊天。桌上，摆放着大大小小的紫砂壶，还有各式各样的紫砂茶盏。水汽、茶香和宜兴方言在茶馆里交融，形成浓酽的氛霭。坐在茶馆里的大多是老人，但我对茶馆有兴趣，心里常想着，什么时候有机会也能进去坐下来喝一壶茶。一天下午，提前完成了一天活计，我到镇上的一个澡堂里，洗净了身上的汗垢，然后走进一家坐落在山脚下的小茶馆。

下午的茶馆，店堂里茶客寥寥。我找了一张临窗的桌子坐下来，窗外，绿荫闪烁，那是蜀山的影子。一把紫砂壶端上来，茶香扑鼻。我用笨拙的动作把热茶斟入小小的茶盏时，从壶嘴里射出的茶水大半都溅在桌面上。就在我慌忙擦桌子时，邻桌的一个茶客站起身，在我对面坐了下来。这是一个面目清癯的中年人，穿着朴素，举止文雅，像是个当老师的。他伸手提起我面前的茶壶为我斟茶。茶水从壶嘴里射出来时，水柱有点歪，但还是不偏不倚地斟入小小的茶杯。他放下茶壶笑着说："这不怪你，这把茶壶做得不够好。"

"你也是做茶壶的？"我问。

他微笑着，不置可否。这时，店里的一个伙计跑过来，惊讶地问我："你不认识他吗？他是顾景舟，他是名人，宜兴最好的紫砂壶就是他做的！"

顾景舟？我从来没有听说过这个名字。

中年人见我一脸懵懂，笑着说："别听他瞎吹。"他说着，把自己的茶壶从旁边的桌子上端过来，一边喝茶，一边问我："你就是那个上海来的小木匠？"

我诺诺地点头，又摇头答道："我刚来不久，还没有学会做木匠。"说心里话，我并不喜欢做木匠，在这里拜师学艺，曾被人告知，要先磨刀三年。每天的活计，除了为师傅磨刀，就是拉大锯，把粗大的树段锯成木板。一天下来，精疲力竭，浑身酸痛。我想，做茶壶，比干木匠活有趣得多。

他见我愁眉苦脸的样子，笑着说："你还小，应该读书。学点手艺也没错。"

我看着窗外摇曳的绿荫，突兀地问了一句："这里不是四川，这座山为什么叫蜀山呢？"

"问得好！"他脸上的微笑没有消失，"这是因为苏东坡上过这座山。知道苏东坡吗？"

苏东坡我当然知道，我还知道他是四川眉山人，也知道他曾经游历天下，写过无数美妙的诗词。他生活的年代，距今九百年，想不到他也到这里来过。他来到这里，这座山就变成了蜀山？

他似乎窥见了我心里的疑问，慢慢地解答道："这座山原来叫独山，苏东坡来这里，上了独山，觉得这里的风景和他家乡很像，他说：此山似蜀。蜀山的名字就是这么来的。"

他喝了一口茶，看着窗外的绿荫，仿佛是自言自语："蜀山脚下，还有东坡书院呢。"

东坡书院？现在还在吗？当时到处都在"破四旧"，蜀山的东坡书院难道还能保存？我问他东坡书院在哪里，他说："在山的另一边，现在是学堂了。"

他放下茶壶站起来，拍拍我的肩膀，转身走出店堂，脚步悠然，感觉是飘出去的。我记住了他的名字，顾景舟。

很多年之后，我才知道顾景舟作为紫砂艺人的地位，他是承前启后的紫砂工艺大师。我在蜀山遇见他时，正是紫砂艺术被忽略的时代，也是他失意的日子。茶馆里邂逅的那一幕，在我记忆中却不是一个沮丧落魄的艺术家，而是一个平和睿智的读书人。我不会忘记他脸上那善意的微笑。

那天从茶馆里出来，我沿着山脚一路寻找，走到古镇尽头，绕过蜀山，在山的南麓，终于找到了当年的东坡书院。那时，这里已成为一所小学，但依然保留着东坡之名：东坡小学。我站在校门口，隔着门墙往里看，只见院落里古树参天，天井里散落着一地斑驳的树影。正是放学的时候，孩子们的欢笑声从里面一路传出来……

我在东坡小学门口站了很久，心里想象着苏东坡当年如何在蜀山脚下流连忘返。后来我才知道，苏东坡和蜀山的传说，并非虚构，苏东坡确实到过这里，被这里的山光水色和风土人情吸引，曾有过置田盖房、终老蜀山的念头。有苏东坡留下的诗文为证："吾来阳羡，船入荆溪，意思豁然。如惬平生之欲，逝将归老，殆是前缘。"在他的一首词中，东坡先生这样抒发自己的情怀："买田阳羡吾将老，从来只为溪山好。来往一虚舟，聊随物外游。有书仍懒著，水调歌归去，筋力不辞诗，要须风雨时。"东坡小学的古老前身，曾经是苏东坡住过的草堂，故被人们称为东坡草堂，后来，在这里建起东坡书院，再后来，成为东坡小学。

那天离开东坡小学，已近黄昏，但我还是不想急着回我寄居的村庄，我要登上蜀山顶看看。山不高，从南麓攀登，越过山峰，下山就可以回到蜀山大桥边。没有找到上山的路，我从树林和山石间择道攀缘。登临山顶时，正好看到日落，天边的云霞如无边无际的火焰，慢慢吞噬着一轮血红的残阳。从山顶俯瞰，蠡河是一条晶莹的光带，古镇的黑色屋脊在山脚下蜿蜒，像泼洒在山河之间的一道浓墨。我也看见了依山而建的龙窑，那是一条攀卧在山坡的巨龙，被古树掩隐着，被烟雾笼罩着。巨龙的腹中，蕴蓄着熊熊火焰，那些被灵巧的手捏制成的茶壶和陶器，正在烈火中涅槃新生……

半个多世纪过去，山河依旧，但人间的景象天翻地覆。在我的心里，蜀山总是隐藏着一些古老的秘密，虽然只是一座小山，但是和我以后登临过的无数名山相比，蜀山的清丽奇秀，还有它的孤寂和诗意，它的云缠雾绕的烟火气息，成为一幅意境独特的画，烙印在我的记忆中。

近日重返蜀山，看到了新时代带来的变化。陶都丁蜀是富甲江南的名镇，紫砂工艺早已成为举世瞩目的中华国粹，东坡小学又成了东坡书院，现代紫砂作坊星罗棋布，龙窑进了博物馆。蜀山古街上，石板路还在，老房子还在，当年的气韵还没有消散。临街的小楼中，有顾景舟的故居，门口挂着牌子，成了供人参观的博物馆。我想，当年在茶馆里遇到的这位大师，那时就是在这里隐居吧。

2021年秋日访丁蜀镇归来，写于四步斋

春的脚步

谁也无法阻挡春天的脚步。该来的时候，她就悄悄地来了。那奇妙的脚步声，响在空气中，响在原野上，响在世界的每一个角落。那是冰河开裂的声音，是从南方飞来的候鸟欢快的鸣叫声，是流水中鱼儿们唼喋，是暖风里花的香气。

寒风还在呼啸，春天的脚步就已经在我们的身边响起。此刻，我窗下的两棵腊梅正在开花，金黄的花朵吐出一缕又一缕幽香，在料峭的春寒中飘荡。绽开在严寒中的腊梅，是春姑娘的莞尔一笑，春天的序幕，就在这清新的微笑中被悄悄撩开。

在我的生命中，这是第七十个春天了。人生实在太匆匆！我曾经无数次用文字描绘我看到的春天容颜，记录春天的脚步在我心里留下的回声。在我的记忆中，春天是生命的启迪，是希望和憧憬，是长夜尽头的晨曦。

关于春天的脚步，在生命的每一段旅程中，都有不同的记录。我现在还能找到五十多年前的日记。那时，我是一个知青，在故乡崇明岛插队落户。寒夜，住在一间茅草屋里，窗外北风呼啸，薄薄的被子裹着疲惫的身体，冷得难以入睡。早晨，天蒙蒙亮时，突然被窗外的声音惊醒……

我当时曾在日记本上这样写：

　　早晨，有人轻敲我的窗户。打开窗户，发现敲窗的竟然是窗外的桃树。风吹桃树，树枝晃动，碰到了我的窗户。枝头的桃花含苞待放，露水在花蕾上闪动，早霞照在花枝上，一片玫瑰色的殷红……

　　花枝敲窗，是什么美妙的预兆？"人面桃花相映红"，我的苍白的脸，竟被这不期而遇的桃花映红。

　　我起床，开窗，让结满蓓蕾的树枝进入我的小草屋。你好，春天，谢谢你用这样的方式来到我的身边。

在艰苦穷困的岁月里，大自然的春天总是能给人带来欣喜，带来期冀。

1977年，中国恢复了高考。那年，我参加高考，进了大学。1978年春天，背着行李去华东师范大学中文系报到，那是做梦一样的情景。漫长的寒冬已经过去，中国迎来了春天。那时，眼里看到的，耳畔听到的，心中感受到的，都是春天的气息。我们在教室里听教授们讲历史、谈文学，在图书馆里寻找那些曾经被封存的世界名著，在教室门外走廊的墙壁上展示新写的诗文。晚上，在宿舍里就着手电筒的微光看书，在半导体收音机里收听春回大地的好消息。改革和开放带来的变化，每天都让人激动惊喜。有时甚至不敢相信，我们的时代还会有这样的春天景象。我忍不住写诗，写散文，表达自己的心情。一次，在两张废纸上写了一首长诗，题为《春天啊，请在中国落户》，抒发了迎来春天的喜悦，也隐隐表达了对"倒春寒"的担忧。其中有这样的诗句：

> 你带着被冬天掠去的一切回来了，
> 广袤的大地上，到处是蓬勃的复苏……
> 在你生气虎虎的前进脚步中，
> 一定会崛起一个青春焕发的中国！

一天上午，有同学跑到宿舍里告诉我："快去看，你的一首长诗在报上发表了！"我走到文史楼下的报栏前，只见很多人围在那里看。长诗发表在《文汇报》副刊上，很醒目。我在人群外看了一眼，悄悄地走开了。在文史楼后门口，正好遇到当时的中文系主任徐中玉教授，他笑着喊住我，说："我读了你今天发表的诗，很好啊，写出了我们大家都有的心情。"

写这首诗，已经是很遥远的事了。时过四十多年，现在还有很多人经常在各种场合朗诵这首诗。我想，并不是这首诗写得有多好，而是人们一直心存着对春天的钟情和向往。

这两年，疫情扰乱了人类的生活，出门少了，坐在书房里读书写作的时间多了。世间的生灵是如此神奇，不知道还有多少人类未知的生命之谜隐藏在天地之间。我不是科学家，无法洞悉其中的奥秘，但我可以用自己的方式来思考和探寻。我书房的西窗外，有两棵大樟树，不管春夏秋冬，树冠总是绿意荡漾，不时有我不认识的小鸟飞到树上鸣唱，有时还会飞到窗台上，隔着玻璃窗，大睁着亮晶晶的眼睛窥视坐在书桌前的我。人类有树木花鸟作为朋友，是多么美好的事情。一棵树，一片草地，一声鸟鸣，可以让城市和乡野失去边界。我喜欢凝视着窗外的绿荫，默默想我的心事。

春天的脚步，依然如期而至，在我的心里激荡起奇妙的回声。深藏在心中的很多念头，在春天的脚步中萌动了，苏醒了，那是对生命的思索和期望，如梦中之梦，是自由无羁的奇思，是孩童一般纯真的幻想。在疫情期间，我写成了长篇小说《树孩》。一棵生长了一百年的黄杨树，在我的小说中有了智慧和灵性，他在一场山火中死里逃生，被雕刻成一个可爱的孩童，开始了奇异的流浪和探索。树孩在世间的经历，不是孤独之旅，他感受到人间的爱，也见识了大自然万类生灵之间无微不至的关照。树孩的流浪，止于重返大地的春天。在春的脚步声中，树孩在解冻的泥土中生根长叶，又变成了一棵年轻的树。

小说的尾声，是一只黄鹂在树上的歌唱。且让我用这歌声为这篇短文结尾吧：

这万物有灵的世界，
这生生不息的大地，
让我们一起为生命歌唱。

2022年1月19日于四步斋

祭告鲁迅先生

鲁迅先生，在这安息之地，我们向你致敬！

在大夜弥天的时代，你是勇敢的斗士、清醒的思想者。你用犀利的笔，挑开沉重夜幕，让人看见希望的曙光；你用瘦弱的肩膀，扛住黑暗的闸门，让人们走向宽阔和光明。你亮出灵魂的颜色，让世人见识真诚。你浩茫的心事，紧贴苦难深重的大地，连接古老中国的过去、现在和未来。

在混沌中沉思，在沉默中呐喊，你用炽热的赤子情怀，用前无古人的创造，构筑成文学的高峰，巍然耸立在历史的长河之畔。

你甘为野草，等待着地火燃烧；你是参天大树，铁骨铮铮，不为风雨折腰。"横眉冷对千夫指，俯首甘为孺子牛"，你吃的是草，挤出的是牛奶。

鲁迅先生，民族之魂，昭示着中国的未来。

你提醒国人：未来的道路，除了再想法子来改革之外，再没有别的路。什么是路？就是从没有路的地方践踏出来的，从只有荆棘的地方开辟出来的。

此时此刻，我们可以告慰先生：中国，已经走出一条可以通向美好未来的伟大道路。你曾经"哀其不幸，怒其不争"的国人，如今已经有了自信的勇气，有了团结的力量，我们正在追求真理和幸福的道路上阔步前行。

中华民族的奋然崛起，已成为当今世界耀眼的风景。

这一切，正是你的预言，是你的希望。

鲁迅先生，请你安息！

2019年10月9日于四步斋

虫虫飞

　　我现在还记得三岁时候做的梦。那天在睡午觉，梦见一条彩色的长虫，扭动着肥胖的身体，在我的手臂上慢慢地爬。长虫有很多脚，每走一步，那些细细的脚就在我的手臂上挠一下，痒痒的，让我无法忍受。那种痒的感觉，终于把我从梦中惊醒。我睁开眼睛，只见右手臂上停着一只又大又漂亮的蝴蝶。一对墨墨黑的翅膀上，布满了红色的小圆点。它的翅膀轻轻颤抖着，脚和头上的触须也跟着一起颤动，我手臂上痒痒的感觉，就是被它的颤动带来的。我伸出左手，想抓住那只大蝴蝶，但是我还没碰到它，它就拍拍翅膀飞了起来，飞出窗户，消失在窗外的绿荫中。

　　我把我的梦告诉父亲，父亲说：飞在天上的虫子，都是从会爬的小虫虫变的。后来养过蚕宝宝，见识了这个过程。

蚕宝宝养在纸盒子里，每天给它们喂桑叶。刚出生的小蚕宝宝，像一根根细细的黑棉纱线扭动着，它们在盒子里吃着桑叶一天天长大，长成一条条胖嘟嘟的大蚕宝宝。我看见它们吐出晶莹闪亮的银丝，把自己一点一点包裹起来，变成了一个个银色的蚕茧。蚕茧躺在纸盒子里，再也没有变化。又过了几天，发生了让人惊奇的事情。银色的茧子被咬破了，从里面钻出了灰白色的飞蛾。蚕蛾也是胖嘟嘟的，身上长着毛茸茸的翅膀，额头上有两根黑色的触须，就像两根小小的羽毛。飞蛾从盒子里飞出来，在屋子里转了几圈，拍打着翅膀飞到屋外去了。蚕宝宝就这样飞上了天。

我是在城市里长大的，很多大人只看到房子和街道，我却能看到很多在天上飞的小虫。蝴蝶、蜻蜓、蜜蜂、蝉、七星瓢、金龟子……我能看到它们展翅飞舞的样子，却无法都看到它们长出翅膀的过程。它们飞舞的样子，我怎么也看不厌。

蜻蜓是很美的飞虫。它们的颜色都不一样，有黄蜻蜓、红蜻蜓、蓝蜻蜓、绿蜻蜓、花蜻蜓，还有像墨一样的黑蜻蜓。飞在天上的五颜六色的蜻蜓，就像开在花园里的花朵，缤纷多姿。蜻蜓的脑袋上有两只大眼睛，我捉到过一只很大的花蜻蜓，我捏着它的翅膀，把它放在眼前，那一对透明的大眼睛里，有两个黑色的瞳孔，会跟着我的眼光转动。

平时，蜻蜓总是单独活动，一只两只，悄悄地在草丛和花坛里飞来飞去。蜻蜓也会成群结队地飞，那是很神奇的场面。一群群蜻蜓从四面八方飞来，飞得很低，就像是一片片彩色的云彩在地面上飘，不知道它们是从什么地方飞来的。父亲说：蜻蜓飞到地面来开大会，天上就要下大雨。果然，蜻蜓还没有散会，天上已经电闪雷鸣，接着，雨水哗啦哗啦从天上泻下来，树木花草都在风雨中摇摇晃晃。这时，那些美丽的小蜻蜓，不知躲到什么地方去了。我想，它们大概都被风雨吞没了吧，这些可怜的蜻蜓。

不是所有长着翅膀的小虫虫都会飞的，金铃子就不会飞。金铃子很小很小，在花草丛中，几乎看不见它们，它们就像树枝上的一片小小的金叶子，小得几乎看不见。可是金铃子会唱歌，它们的歌声太奇妙了，就像是有人在弹琴，一根看不见的琴弦在颤动着，发出清亮的声音，持续不断地鸣响。这琴声是会飞的，飞在花草丛中，飞在树林里，飞在风中，飞在空气里……

父亲喜欢金铃子，它把金铃子养在一只透明的塑料盒子里，随身带着。在父亲的塑料盒子里，我看清楚了金铃子的模样。金铃子长得像蟋蟀，但比蟋蟀小得多，只有米粒大小，背脊上亮晶晶地披着一对精巧的翅膀，叫的时候那对翅膀便高高地竖起来，像两面透明的金色小旗在飘……

金铃子被关在小盒子里，但它的鸣唱却关不住。那美妙的琴声，从父亲的身上飞出来，飘起来，父亲走到哪里，那琴声就在哪里飞。父亲脸上含着微笑，他仿佛也随着金铃子的歌声，飞了起来……

如果要评选又会飞又会唱歌的昆虫，知了一定可以得冠军。知了的学名是蝉，但是大家都叫它们知了，因为它们躲在树上鸣唱时，那声音听起来就是不断地在喊着"知了，知了，知了"……

我问父亲：它们知道了什么，要不停地喊"知了"？父亲笑着回答我：我也不知道啊，你去问它们自己吧。

知了总是躲在高高的树枝上，站在地上看不清楚。父亲送给我一个望远镜，在望远镜里看，知了变大了，清晰地停在我的眼前。知了有一对透明的翅膀，覆盖着黑色的身体。知了鸣叫时，肚皮会不停地颤抖。父亲告诉我，知了的发声，就是靠肚皮下面的一层鼓膜，鼓膜振动时，就发出了"知了知了"的叫声。

有一次，我在一棵大树的树干上发现一只知了，它正在那里起劲地叫着。我踮起脚尖，伸出手想抓住它，但是没等我的手靠近，它就展开翅膀飞起来，两片透明的翅膀飞快地拍动着，看起来像一个小小的玻璃球，旋转着升上了天。

还有一种知了，唱的歌不一样，它们的歌声，听起来好像是在不停地喊："热死啦，热死啦……"那是一种绿色的蝉，比黑色的知了小很多。它们永远躲在高高的树顶上，让人无法接近它，只能听见它们的叫喊声：热死啦！

长着翅膀会飞的小虫，也有让人讨厌的。苍蝇、蚊子、蟑螂，都是讨厌的害虫，人们想着各种法子来驱赶它们，消灭它们。

有一年夏天，屋子里突然飞来很多飞虫。它们的样子不难看，橙色的身体，长着四片长长的透明翅膀。它们飞的时候，就像是微型的直升机，收起翅膀在墙上爬动时，那四片翅膀叠在一起，就像是小姑娘穿的白纱长裙，看上去很秀气。但是，父亲发现这些小飞虫，却紧张地喊起来："啊呀，白蚁来了！"

白蚁越来越多，在屋子里嗡嗡乱飞。父亲告诉我，这些白蚁，爱吃木头，它们在木头里筑窝，它们的小牙齿可以咬碎坚硬的木头。木头的房子里出现白蚁，是一件很可怕的事。白蚁繁殖得飞快，它们会咬空柱子，咬断房梁。如果不消灭白蚁，房子总有一天会倒塌。

大人们忙起来，到处寻找白蚁窝，喷杀虫药。可白蚁还是满天飞，晚上，它们围着屋顶上的电灯飞来飞去。

父亲说："我们想办法捉住它们。"他把桌子拉到屋顶的电灯下面，搬一个凳子放到桌子上，再把一个小板凳搁在方凳上，然后，把一个盛了大半盆水的脸盆放到小板凳上。脸盆离电灯很近，灯光映照在脸盆里，脸盆里也有一个大灯泡，闪射着光芒。只见满屋子飞舞的白蚁纷纷飞向屋顶的电灯，又纷纷向反射着灯光的脸盆扑去。白蚁飞进了脸盆，就再也飞不出来。过了一会，屋里的白蚁几乎都不见了。爸爸爬上桌子，小心翼翼地搬下脸盆，放到桌子上。我把脸凑到脸盆上一看，啊呀，脸盆里，密密麻麻都是白蚁，它们躺在水里，成了俘虏，无法再飞起来。

我有点同情这些在水里淹死的白蚁。喜欢吃木头，并不是它们的错呀，如果不在房子的梁柱上筑巢，不破坏房子，它们大概就不会被淹死了吧。我直到现在也不明白，为什么把这些爱吃木头的飞虫叫作白蚁，它们的颜色不是白的，模样也不像蚂蚁。

童年遇到的小飞虫，现在还会出现在我的梦中，它们拍打着晶莹的翅膀，把我拽回到做小孩时的那些快乐时光。

小虫虫，飞呀飞，飞在我童年的世界里。

2022年11月13日于四步斋

第二辑

和香天

心诗

饮茶和审美

很多年前，在墨西哥的一个名叫奎尔纳瓦卡的小城里参观博物馆，很意外地看到几件精致的中国瓷器。这是清代中期的青花餐具，盘子和碗碟上描绘着山水人物，青白相间的色泽，很纯粹的中国情调。见我惊讶，博物馆的讲解员告诉我，这些瓷器，是当年进口中国茶叶时，放在茶叶箱中压舱的。在他们的印象中，象征中国的东西有两件，一件是瓷器，一件是茶。而瓷器往往是作为茶的陪衬。看外国人说起中国的茶时那种肃然起敬的样子，不禁生出很多感慨来。

中国人喝茶的历史，几乎和中国经济文化的历史同样漫长。喝茶最初只是一种生理需要——解渴，但喝到后来，在茶中喝出了文化，喝出了形形色色的和茶有关的艺术，喝茶的过程，成了一种审美的过程，这也是事实。古代的诗人们曾经因为喝茶写出很多绝妙的诗，我一直记得卢仝的《七碗茶诗》，写喝到好茶时的感觉："一碗喉吻润，二碗破孤闷。三碗搜枯肠，惟有文字五千卷。四碗发轻汗，平生不平事，尽向毛孔散。五碗肌骨清，六碗通仙灵。七碗吃不得也，唯觉两腋习习清风生……"喝茶喝到去烦解闷，下笔有神，一直到飘飘欲仙，那是怎样一种境界？现代人能想象否？

我们这代人曾经经历过的时代，喝茶和审美、精神活动，几乎失去了联系。如果喝茶喝得讲究一些，就可能被人斥之为"资产阶级生活方式"。在文学作品中，凡是那些太讲究喝茶的人，总不会是正面人物。与此相联系的是，和茶有关的艺术，纷纷失踪或者退化，茶馆关门了，精致的茶具看不见了，新的茶诗根本不可能出现，连村姑们唱的《采茶歌》也不能唱，只有一首《挑担茶叶上北京》……

不过，那样的时代已经不可能复返。现在，谈论茶文化又变得时髦起来，全中国到处都有博古通今的茶文化专家出现，书店里到处可以见到和茶文化有关的书籍，仿佛陆羽在一夜间复活，而且变成一个三头六臂、神通广大的人物，无时不在，无处不在。这当然是一件好事情，也可能是一种矫枉过正。遗憾的是，我们的世界并没有在一夜间变得到处茶香飘绕、茶乐悠扬。把喝茶和审美联系起来的过程，大概不会是一个太短促的过程。其实，在古代中国，能写出《七碗茶诗》的人，也是极少数的几个，大多数人的喝茶，还是为了解渴，他们没有这样的氛围，没有这种闲暇，也没有这种想象力。现在的情况大概也是这样。所以要想恢复古典的茶道，譬如像日本人那种表演性很强的过程烦琐的茶道，现代的年轻人恐怕难以接受，这很自然。

现代人如何将喝茶和审美联系起来？我想，除了了解中国人喝茶的历史以及一些和茶有关的文化，最重要的还是要学会如何品茶。这里面的学问，绝不是一篇短文用三言两语能讲清楚的，人人都可以在喝茶时自己去体会。我的一位朋友曾经总结出品茶的五个要素，所谓品茶，须有好的茶叶、好的水、好的茶具、好的环境、好的心情。他的看法自然很有道理，不过真的备齐这五个条件恐怕也难。我以为，现代人的品茶，应该变烦琐为简洁，变冗长为紧凑，倘若有好的茶水，再加上好的心情，那么，喝茶或许便能成为一种审美，试想一下，喝茶时，看杯中的翠叶在碧水中游动，被一阵阵幽幽的清香笼罩着，眼前自会幻化出清新的风景，青山绿水，碧野芳草，幽谷飞瀑，桃云柳烟……一杯清茶，把人引进气象万千的大自然，那是何等的美妙！

前几日，收到宜兴友人寄来的《阳羡茶》创刊号，读那些和茶有关的生动文字，心生欣喜。且寄上这篇短文，表达我由衷的祝贺。祈愿阳羡茶香飘万里，引领中国人欣赏更多的茶中美景。

2014 年 7 月 23 日于四步斋

笔墨忆趣

明人张岱有妙语："人无癖不可与交，以其无深情也；人无痴不可与交，以其无真气也。"深情和真气，和一个人的爱好和性情紧密相连。一个人活着，除了自己谋生的职业，如果没有一点爱好，没有一点闲情逸致，那一定是无趣至极。

读书，听音乐，书画，是我一生的爱好。这三种爱好中，也许用在写字绘画上的时间最少，但留在记忆中的趣事却不少。

最近我出版的一部长篇小说《童年河》中，有这样一个情节：七岁的男孩雪弟喜欢画画，从乡下到上海的第二天，用蜡笔在一堵新粉刷的墙上涂鸦，引起一场风波。很多读者问我，小说中这个雪弟，是不是你自己？小说人物当然是虚构的，可是这个情节，确实是我记忆中的真事。四岁那年搬进新家，我曾用半天时间，趁父母不在家，一个人用蜡笔在新粉刷的墙壁上涂鸦，把一个幼童能画的飞禽走兽、花树虫草和臆想中的人物画满了一面墙壁，让下班回家的父母为之惊愕。小学一年级时，我的一幅蜡笔画《炮打美帝野心狼》被学校展出，校长奖给我一沓画纸，要我再画几幅新作给他看。校长的奖励，让我又喜又忧，喜的是被校长表扬，很荣耀，忧的是不知再画什么好。画了一张又一张，都不满意，无法向校长交差，第二天不敢上学，结果竟旷课，在苏州河黄浦江边逛了一天。旷课还是有成果的，我回去后用蜡笔画了一条彩色的帆船。现在还记得校长看到我画的帆船时赞许的微笑。因为画画而旷课，居然没有受到批评和斥责。

上小学时，我曾用晒图纸的边角料装订成册，把读过的小说画成连环画，也曾把小说中印象深刻的场面画在蜡光纸上，再用刀片和剪刀刻剪下来，成为彩色剪纸。记得曾刻过"刘关张三英战吕布""岳飞枪挑小梁王""高宠挑滑车""八锤大闹朱仙镇""武松打虎""狄青大战子牙猜"，对一个十来岁的男孩来说，这些刻纸，是不小的工程，需要想象力，更需要细致和耐心。很可惜，这些刻纸没有一幅留存下来。小学和初中，我一直被同学选为少先队大队委员，因为擅长绘画，总是被分配做大队墙报委员，负责出黑板报。读中学时，偷偷写诗，也是写在自己用白报纸装订的本子上，每首诗歌边上，都用钢笔画上插图。那时，写诗很费心思，画画是不动脑筋的，随手乱画。有一次我的秘密被姐姐发现，姐姐看了我的本子，说我画的比写的好。

　　"文革"中离开上海到崇明岛插队落户，我写字绘画的才能也派上了用场。乡村"破四旧"，把原来灶壁上的民间绘画全部用石灰水涂抹，用红字写语录和口号取而代之，我被分派干此活。在农家灶台上写标语时，发现农民并不欢迎，他们还是喜欢在灶壁上画画，于是我便用墨汁和广告色为农民的灶台绘画。新粉刷的灶壁，墨彩会在上面化开，犹如在宣纸上作画。我在农民的灶壁上画漓江山水，画青松红日，画蔬果瓶花，画完之后，再模仿画家题款，用毛笔在画上题诗，最后用红笔画一个篆刻印章。很多年之后，农民还保存着我画在灶壁上的画。画家程十发先生曾在一部电视纪录片中看到我画在农民灶壁上的画，居然称赞我画得好。在下乡的岁月中，只要有机会，我便写字画画。乡村的文艺宣传队演出，我为他们画布景，用墨汁和广告颜料，画在白报纸上。生产队出大批判专栏，我为他们画报头和插图。记得有一次生产大队办一个反浪费展览，我曾在一夜之间画出十几张彩色漫画。那时，经常用排笔写标语，在纸上写，在墙上写，写黑体字，也写隶书和魏碑，少年时代临过一些碑帖，此时派上了用场。我一生中写得最大的字，是用扫帚蘸着石灰在农民的黑瓦屋顶上写标语，写的是"农业学大寨"

"要斗私批修""阶级斗争一抓就灵"之类，每个字大到两米见方，如在飞机俯瞰，大概也能看见。

二十岁出头时，有机会参加教师培训，被分配到县教育局的教材组编小学乡土教材，实在不喜欢编写那些干巴巴没有文采的口号课文，便毛遂自荐，为教材画插图。虽只是画简单的白描，但描绘的对象千变万化，可以随心所欲发挥想象。这份工作不到一年，是灰暗年代的愉快记忆。

"文革"结束后，参加高考，上大学，当编辑，从事专业写作，绘画的机会越来越少，但还是常常会手痒，打草稿时，遇到文思生涩，便随手在文字边上涂鸦，画和文字有关或无关的插图，画着画着，思路便顺畅起来。早年的手稿常常能在文字边看到很多随手画出来的图像，我现在还保存着几本有插图的手稿本。这些年来，从未放弃对书画的爱好，朋友中，有不少书画名家，聚会时切磋艺术，是生活中的乐事。写作的题材，也常常涉及美术。二十多年前访问俄罗斯，回来还写了一本欣赏艾尔米塔什博物馆油画的书。几十年下来，居然写了好几本谈画论艺的闲书。最近现代出版社出版我的十八卷文集，其中有一本，便是我谈画论艺文字的结集。

进入电脑时代，我也与时俱进换了笔，那是二十三年前的事情。在书房里面对着电脑屏幕，从前握笔的手整天在键盘上敲击。用了电脑，不必再用笔写字，右手食指上被笔磨出的茧子一天天退化。电脑输入用的是拼音，时间久了，对汉字的结构也开始慢慢生疏。终于心生警觉：中国作家，如果连汉字也不会写了，那是何等可悲！有什么法子弥补呢？铺纸挥毫，临古帖，写新字。偶尔，也画一些写意的水墨，在画上题写自己喜欢的诗句。年过六十了，写字画画，不为圆儿时的画家梦，只是借笔墨舒展筋骨，抒胸臆，驱烦躁。

没有成为书画家，我并不遗憾。从事写作四十多年，其实是在用文字绘画，绘我眼中所见，也画我心中所思、梦中所想。而业余时间画画写字，是余兴，是娱乐，也是对用文字描述精神世界的一种形象补充吧。

2015 年元旦于四步斋

扎根大地仰望天空

朋友约我在新年到来时为读者写几句寄语。写什么？在灯下，我默想了一会。想起二十多年前写过的一篇短文《心灵是一棵会开花的树》，不妨抄录如下：

我说人的心灵是一棵树，你是不是觉得奇怪？

真的，心灵是一棵树，从你走进这个世界，从你走进茫茫人海，从你睁开蒙昧的眼睛那一刻开始，这棵树就已经悄悄地发芽、生根，悄悄地长出绿叶，伸展开枝丫，在你的心里形成一片只属于你自己的绿荫。难道你不相信？

你不知道，其实你已经无数次看见这样的花在你身边开放。

当你在万籁俱寂的夜间突然听到一曲为你而响起的美妙音乐……

当你在冰天雪地的世界中遇到一间为你而开门的小屋，屋里正燃烧着熊熊的炉火……

当你在十字路口彷徨徘徊、举棋不定，有人微笑着走过来给你善意的指引……

当你的身体因寒冷和孤寂而颤抖，有一双陌生而温暖的手轻轻地向你伸来……

当你发现有一双美丽的眼睛用清澈的目光默默凝视你……

我无法一一列举各种各样的"当你"，当你欢乐，当你迷茫，当你为世界的壮阔和奇丽发出惊奇的赞叹，当你被人间的真情和温馨深深地感动，当你面对世间残存的丑恶、冷漠和残暴忍不住愤怒呼喊……

当你的灵魂和感情受到震撼，受到感动，不管这种震撼和感动如电闪雷鸣般强烈，还是像微风一样轻轻从你心头掠过……

每逢这样的时刻，便是你观赏到心灵之花向你怒放的时刻。每当这样的时刻，你的心灵之树也在悄悄发芽，在长叶，在向辽阔的空间伸展自由的枝干。没有一个画家能用画笔描绘出这样的景象，没有一个诗人能用诗句表达这样的过程，这是一种无声无形的过程，但是它所引起的变化，却悠悠长长，绵延不尽，改变着你生命的历史，丰富着你人生的色调。

相信吗，你的心灵一定会开一次花，一定的。也许是粲然的一大片，也许只是孤零零的一朵；也许是举世无双的美丽奇葩，也许只是一朵毫不起眼的小花……你的心灵之花也许开得很长，常开不败；也许只是昙花一现，稍纵即逝的鲜艳……

谁也无法预报心灵之花开放的时辰，更无法向你描述它们怒放时的奇妙景象，但我可以告诉你，这样的花，每时每刻都在人间开放。当有人在向世界奉献爱心，这样的时刻，就是花开的时刻。

愿你的心灵悄悄地开花。

愿我们的世界是一个心花怒放的世界。

写这篇短文，其实是对人间真情的呼唤和赞美，现在读这样的文字，我仍然心有共鸣，因为，生活中这样的真情还在延续，人心中这样的期盼依然如故。文人喜欢想象，但想象如果脱离了现实，脱离了生活，脱离了我们生存的时代，那么这样的想象恐怕是胡思乱想，让人觉得不知所云，甚至会让人反感。

此刻，我的想象中仍然有树的形象出现。我欣赏树，喜欢树。大地上生长着多少形状不同的树，它们大大小小，高高低低，每一棵树都有与众不同的形状，但每一棵树都是美的，它们伸展着不同的枝叶，开放着不同的花朵，结出不同的果实，展现着生命千姿万态的美妙。万千棵大树舒展枝叶拥抱天空，那是多么美妙的景象。如果把文学界比作一片森林，那么，每个写作者都是一棵与众不同的树。我喜欢这样的比喻，喜欢把自己比作一棵树。

有一个科学家朋友告诉我：一棵树，在地上有多么茂盛的枝干，在地下就有同等发达的根须。我无法考证他的话，但我相信。没有根，树就无法存活。做一棵树，就必须深深地扎根大地。对一个文人而言，这大地，就是生活，就是现实，就是我们身处的时代，就是我们周围熙熙攘攘的人群，就是人间的喜怒哀乐。一个文人，如果冷漠，停止了对真理的追求，失去了对生活的热情，失去了同情和爱，那么，作为一棵树，他的根须不会在地下伸展，也许还会萎缩甚至断裂腐烂。反映在地上的结果是可以想见的，这棵树会枝叶凋零，成为一棵枯树。

大地是如此广袤深厚，天空是如此高远辽阔。做一棵根须发达的树吧，你的枝叶会葳蕤繁茂，你自由拥抱天空的姿态，会成为大地上的美景。

2015 年 12 月 30 日于四步斋

围棋和散文

多年前访问香港，金庸夫妇请我和另外几个大陆作家吃饭，席间金庸先生问我对香港散文的看法。他说，其实他自己更爱写散文，也喜欢读散文。近日，要去香港出席"我与金庸"散文征文比赛颁奖，主办者希望我谈谈对金庸散文的看法，于是有了这篇短文。

金庸先生是小说大家，也是独具风格的散文家。也许是因为他写武侠小说的名声太大，掩盖了他作为一个散文家的成就。从事写作大半个世纪，金庸先生其实一直在写散文，他为报纸写社论，写短评，写各种题材的随笔，他散文中涉及的题材，上至天文，下至地理，远及上古，近及当代，说历史，谈人生，评点文艺，针砭时弊，内容之丰富多彩，以百科全书作为比喻也不为过。金庸先生的散文，大多是篇幅短小的文字，然而内涵丰厚，小中见大，给人启迪，也能引发读者的想象。

我一直认为，真正优秀的散文家，其作品之所以动人而有生命力，核心是三个字：情、知、文。情，是真情，是真话，是作者真诚的态度，离开这个情字，散文便没有灵魂；知，是智慧，是知识，是作者对所述事物的独特见解；文，是文采，是文风，是作者富有个性的表述方式，也就是散文的谋篇布局和文字个性。如果以这三个字来看金庸先生的散文，我觉得他完全符合我心中对优秀散文家的要求。金庸先生写过几篇谈围棋的散文，《围棋杂谈》《围棋五得》《历史性的一局棋》，都是专门写围棋的。我们不妨来欣赏一下这几篇散文，以见证金庸先生散文中表现出的情、知、文。

金庸先生的三篇写围棋的文章写于不同年代，但文章中处处显露出他的真性情。围棋是中国人的国粹，中国人的智慧才情，在黑白棋局中表现得淋漓尽致。金庸先生在文章中谈围棋时，由衷地表达了一个中国文人对围棋的欣赏和喜爱，那种真挚沉迷的姿态，令人感动。他说："围棋是比象棋复杂得多的智力游戏。象棋三十二子越下越少，围棋三百六十一格却是越下越多，到中盘时头绪纷繁，牵一发而动全身，四面八方，几百只棋子每一只都有关联，复杂至极，也真是有趣至极。在我所认识的朋友中，凡是学会围棋而下了一两年之后，几乎没有一个不是废寝忘食地喜爱。古人称它为‘木野狐’，因为棋盘木刻，它就像是一只狐狸精那么迷人。”金庸少年时代就喜欢围棋，他曾给他崇拜的围棋高手汪振雄先生写信。他在文章中深情回忆道："那时我还在念中学，曾千里迢迢地跟他通过几次信。汪先生笔力遒劲，每次来信很少谈围棋，总是勉励我用功读书。我从未和这位前辈见过面，可是几十年来常常想起他。"在《围棋杂谈》中，他回忆了和好友聂绀弩、梁羽生一起下棋的往事，虽只是寥寥数语，却流露着真情，"我们三个人棋力都很低，可是兴趣却真好，常常一下就是数小时"。他和沈君山、余英时、林海峰、陈祖德、郝克强等人结交，都是通过围棋，结下了深厚的友情。

金庸先生散文中的"知"，在这三篇谈围棋的散文中也表现得非常充分。他在文章中以简短的文字，讲清了围棋的历史脉络，从上古尧舜时代的故事，《孟子》中有关围棋的记载，到围棋由中国传入日本和朝鲜的往事，把中国围棋漫长曲折的发展历史交代得清晰明白。在《围棋五得》这篇散文中，他以自己的睿智，谈了对围棋的独特见解。"围棋五得"，谁也说不清此种说法的最初出典，金庸先生是在日本棋院的一个条幅中看到的："围棋有五得，得好友，得人和，得教训，得心悟，得天寿。"而他在文章中把这"五得"具体化时，引经据典，溯古论今，谈的都是中国人的经验，其知识的渊博、想象的丰富、见解的深刻，让人叹服。"得好友""得人和"，他谈的是自己下围棋交朋友的经验；"得教训""得心悟"，他谈到了唐朝围棋国手王积薪的"围棋十诀"。十诀的第一诀是"不得贪胜"。下棋是为了争胜负，不求胜，下什么棋？金庸在文章中解读道："过分求胜而近于贪，往往便会落败。这不但是棋理，也是人生的哲理，似乎在政治活动、经营企业，甚至股票投机、黄金买卖中都用得着。既要求胜，又不贪胜，如果能掌握到此中关键，棋力便会大大提高一步。"由下围棋而悟出这样的生活哲理，这正是金庸的智慧，也是他散文中的知性光芒。

再说金庸散文中的"文"。所谓文，也就是文章的个性，是作者文字和谋篇的独特性。《历史性的一局棋》是一篇纪实散文，记录的是围棋史上中日围棋手之间的一场非同寻常的对弈。二十二岁的中国围棋手吴清源，大战日本的围棋至尊本因坊秀哉，在当时曾轰动一时。这一局对弈，波澜起伏，曲折诡谲，万众瞩目。年轻的吴清源一直处在上风，秀哉穷于应付。然而，秀哉利用了他本因坊的地位可以随时"叫停"的特权，每到无法应付时便叫停，叫停后不计时间，他可以回家思考几天，并可以把他的弟子们叫到家里一起商量对策。所以，这局中日围棋手之间的对弈，其实是吴清源和一群日本围棋高手的较量。这一局对弈，前后延续了四个多月，在吴清源胜券在握的形势下，最后秀哉以两目险胜，但胜得没有面子。而吴清源，虽败犹荣。时隔多年，在秀哉离世之后，有人透露，这局对弈中，秀哉下出的关键一手，是他弟子的主意。而吴清源到最后还是有胜的可能，但他选择了输，因为他此后还要在日本立足。读这篇散文时，我始终被深深吸引着，其间竟有喘不过气来的紧张感，仿佛是读一篇惊心动魄的小说。这样的散文，只有金庸先生这样的武侠小说大家才能写出来。我想，金庸散文这种一波三折、引人入胜的特质，在一般散文家的笔下是很难见到的。这正是金庸散文的"文"之特色。

2016年7月16日于四步斋

当代诗歌的文化生命力

和几位法国诗人对话，就诗歌创作的一些问题作了交流和沟通，有不少共识，也有一些分歧。

诗歌与音乐的关系

诗歌和音乐之间，到底有什么关系？我想诗歌是从人心里面流出来的声音，是人类的理想、梦幻和对美、幸福的追求。有些诗歌是能吟唱的，有些只能是通过文字感染人，不管它们是何种形态，只要能够走到读者的心中，拨动读者的心弦，引起共鸣，那就是美好的诗歌。

有个说法，诗歌是文学中的文学。如果把世界文学比作一个宝库的话，那么诗歌就是其中耀眼的钻石。我们中国的古诗，可以说是体现了诗人的最高智慧，极简短的文字，朗朗上口，却能够描绘出阔大的意境、深邃的思想、丰富的画面，让读者产生无尽的联想。这是汉字的荣耀。现代诗不一定押韵，可以很自由地写，但诗中也应该有内在的音乐感，即便你不念出来，在心里默默地吟诵，也能感受其美感。诗的魅力是语言的魅力。2013 年，我在塞尔维亚获颁斯梅德雷沃城堡"金钥匙"诗歌奖，在发表获奖感言时，我说过如下一段话：

> 诗歌是什么？诗歌是文字的宝石，是心灵的花朵，是从灵魂的泉眼中涌出的汩汩清泉。很多年前，我曾经写过这么一段话："把语言变成音乐，用你独特的旋律和感受，真诚地倾吐一颗敏感的心对大自然和生命的爱——这便是诗。诗中的爱心是博大的，它可以涵盖人类感情中的一切声音：痛苦、欢乐、悲伤、忧愁、愤怒，甚至迷惘……唯一无法容纳的，是虚伪。好诗的标准，最重要的一条，应该是能够拨动读者的心弦。在浩瀚的心灵海洋中引不起一星半点共鸣的自我激动，恐怕不会有生命力。"年轻时代的思索，现在回想起来，仍然可以重申。

实际上，诗歌和音乐还是有很大差别的。语言包含的音乐性是通过人的想象体会到的。在我们现在生活的这个时代里，也许音乐比诗歌更有影响力，因为音乐传播的渠道更多，可以通过广播、唱片传播，所以有不少人将诗歌和音乐混为一谈，他们认为音乐也是诗歌，尤其是那些有美妙歌词的歌曲。法国的诗人认为，诗歌和音乐之间，其实不断地处于一种抗争的状态，这种现象，几乎全世界都是如此。在法国，现在也有很多著名的歌手，其中有一些也是中国听众所熟悉的。这些歌手代表了法国的声音，以一种诗的形式代表了法国的声音，可是在诗人看来，诗歌有两种形式，一种是可以咏唱的诗歌，也就是歌曲，另一种是不能咏唱的诗歌，也就是诗人用不同风格的文字写下的诗句。所以它们彼此之间在不断地抗争。法国的诗人认为，今天的法国诗歌所要做的事情就是来表现这种抗争，这种抗争在诗人看来就如同丈夫和妻子的关系，在婚姻的状态下，不可能永久和谐和美妙，往往在度过了蜜月期之后，丈夫和妻子之间会出现冲突、吵闹，所以这种抗争的状态一直存在于法国的诗坛。

法国诗人博纳菲是学过音乐的人，所以他看待诗歌就和其他诗人不一样。虽然他学的不是乐器的演奏，但是他接受过系统的音乐教育。他认为音乐和诗歌是相通的，诗歌里面都是暗含着一定节奏的。虽然在法国，也有一些诗人认为诗歌是反音乐的，可是博纳菲始终认为诗歌是可以达到给读者一种感性的、乐感的审美效果的。所以他希望能够通过诗歌把他脑海里存在的那个五线谱的曲调通过文字表现出来。所以他认为我们应该可以在未来的诗歌中找到德彪西这样的音乐大师，也就是说诗人是可以达到这样的境地的。

几位法国诗人的观点引起我的共鸣。我喜欢德彪西的交响诗《牧神午后》，这是令人产生遐想的美妙乐音。《牧神午后》是根据法国诗人马拉美的诗创作的。在听《牧神午后》之前，我没有读过马拉美的诗。后来读了马拉美的诗，我可以想象德彪西如何在马拉美的诗歌中寻找到了音乐创作的灵感。《牧神午后》的旋律和马拉美的诗，我觉得意境还是非常吻合的。

诗歌有能吟唱和不能吟唱两个种类。能吟唱的诗歌，其实是文字和音韵旋律的结合体，两者互为缠绕，不可分割。我们中国古代的诗和词都是能够吟唱的，文字和节奏都很美，古代诗人吟诗，抑扬顿挫，如同演唱，诗歌能在民间广为流传，有些作品妇孺皆知，很大程度上是得益于此。我们的现代诗已经慢慢失去了这种传统。但是现代诗里，也有饱含音乐元素的作品。真正的好诗在文字里面应该隐藏着音乐的节奏，哪怕你不读，你只是看，你也可以感受到里面的节奏。有些所谓的诗中，没有任何节奏，我想这个就不是诗了。与其如此，不如不分行，使之成为散文。我欣赏那些蕴涵着音乐节奏的诗，如果能够使音乐家看着你的文字，心中涌现美妙的旋律，就像德彪西读马拉美的诗写出《牧神午后》一样，那是诗歌的光荣。

在以往的象征主义诗人的眼里，诗就是绝对，就是一切，诗歌就是他自己，他可以完全地展现自己的魅力。但是这种观点现在未必人人都能赞同。诗首先是有思想的，诗的想法是在音乐存在之前，在诗本身的音乐存在之前就已经有了。所以诗是在不断地和音乐抗争，和其他所有的艺术形式在抗争。这种抗争更应该被理解成一种对话。诗在和其他艺术创作形式的对话过程中，才获得了自己独占鳌头的姿态。

诗歌在新媒体中的走向

诗歌和媒体之间，应该是一种什么关系？

法国有一个名为"声音与文本"的组织，他们朗诵诗歌，并以音乐伴奏，在剧场表演，对推广诗歌起了很大的作用。用伴奏吟唱这种形式表现诗歌是可以的，但是音乐不能喧宾夺主，因为要让读者心理产生共鸣，最主要的还是要通过文字。表现诗歌，还是要直接朗诵。上海有很多热衷诗歌的人也在做这样的事情。上海有一批中国一流的表演艺术家，组织了一个朗诵团，每过两个月，就在上海图书馆举办一场诗歌朗诵会，规模非常大，听众踊跃，有时会场走廊里也站满了人。上海的诗歌朗诵会，朗诵的大多是当代诗人的新作，也有现代诗歌的经典名作，包括一些被翻译成中文的外国诗。这里的媒体，对我们的诗歌朗诵会，常常进行报道，但这种报道的规格和热度，不能和演艺明星的报道相比。诗人不必拒绝媒体，尤其是那些影响巨大的媒体，电视、网络、广播。应该利用这些媒体，让更多的人看见和认识那些好的诗歌。我记得很多年前，曾有一位法国诗人说，诗歌如果拒绝电视，就等于自杀。那个时代，电视是影响最大的媒体。这话虽然有些偏激，却说出了一个道理，如果诗歌满足于小众化，满足于自我陶醉，路子会越走越窄。再好的诗歌，如果不传播，没有人读，不会有任何影响。现在是网络时代，网络已经成为传播诗歌的一个最有影响力的渠道。中国现在有成千上万个诗歌网站，每天在网络上新发布的诗歌成千上万首，这在任何一个时代都是无法想象的。网络的盛行，使很多原来和文学疏离、和诗歌无缘的人开始使用键盘敲击出诗句。诗歌不仅出现在电脑上，也出现在手机屏幕上，有人认为，手机小小的屏幕，是传播诗歌的最好平台。也许这些每天出现在网络中的万千诗句大多是文字垃圾，热闹一时，留不下痕迹。但沙里有金，鱼中有龙，其中确实有真正的好诗，经过读者的选择，经过网络的传播，会进入读者的视野，甚至成为名作。

　　法国的诗人，至今还有人拒绝新媒体。他们认为，诗人首先是个文人。在法国，所有的文人，对媒体都是持有一种谨慎的批判的态度的。要了解法国社会，必须要从18世纪开始，一定要了解伏尔泰、卢梭、狄德罗这样的大师的思想，才能理解法国的人文思想如何走到今天。诗人是一种小众，不是大众群体，他们在社会中的生存状态可能不是很好，大多数的诗人不能赚到很多钱。可是他们是文人，他们希望了解到这个社会真实的一切，而这个真实的一切有时候并不是在媒体，特别是在新媒体上能了解到的。因为很多新媒体是要靠赚钱维持它的生存的。诗人确实也关心新技术和高科技的发展，比如说很多诗人也会使用网络，可是他首先关心的是真实，什么是真正的真实。

对于法国诗人的看法，我也是有共鸣的。诗人这个称号，也许有点泛滥，贪图名利、追风趋时、行为怪诞、"功夫在诗外"的所谓"诗人"，到处都能看到，而且常常发出很大的噪声，败坏诗的名声。媒体为这样的噪声兴风作浪，为真正的诗人所不耻。真正的诗人，当然是有思想有才华的文人，中外古今都是如此。当代中国诗人了解社会和人生，绝不是依赖媒体，我们活着，用自己的眼睛看周围的世界，体验人生。法国诗人读伏尔泰、狄德罗、卢梭，中国诗人读孔子、老子、庄子、李白、杜甫、苏东坡、鲁迅，也读外国哲人的书。伏尔泰、狄德罗和卢梭，我们也读。但是，我认为在科技发达的媒体时代，诗人没有必要封闭自己，满足于自我陶醉。通过现代媒体，让大众了解有这样一批思想深刻、才华横溢的小众，了解他们用文字创造的精神世界，有何不可？这可以提升社会的精神品质。诗人和媒体，不应该是敌人。诗歌一旦发表，就成为不受其他东西影响的一个客体，这个客体的使命就是要奔到读者那边去，希望被读者或者被艺术家所接受，以另外一种方式延续它的生命，当然，这必须是好诗。

关于诗歌的可译性

诗歌能不能翻译，这也是一个有争议的话题。

很多诗人，包括一些译者，都认为诗歌是不可翻译的。一个写诗也从事翻译的法国诗人认为诗是可译的，而且诗必须是可译的。优秀的诗人可以说是这个世界上比较聪明的人，他们知道语言的错误、瑕疵在什么地方，他们在诗歌里弥补这些瑕疵，把语言最美的东西呈现给大家。他们同时也体会到，语言和人群之间有哪些不和谐的地方，而且他们知道语言、民族、国家彼此和谐共处是多么的难，这就需要翻译来逐一地解决这些问题。

说诗歌不可翻译，这肯定是一个夸张的不准确的论断。以往的文学史已经提供了不少成功的范例。但是，我认为诗歌的翻译确实非常困难，不成功的经验也许更多。我有这样的阅读经验，幼年时读过很多外国大诗人的汉译诗集，阅读之后，却无法产生钦佩的心情，因为感觉这些被翻译成汉语的诗歌很一般，不能打动我。那时候我很小，不知道原因，后来我知道这是翻译不到位的缘故。诗歌的很多美妙之处，蕴涵在文字之中，有时只可意会，不可言传，只有母语的读者能体会。翻译者想将它们用另一种语言传达，非常困难，翻译出来的文字，也许是另外一个新的东西。我有一次非常有意思的经验，多年前，我接待一个挪威的作家代表团，其中有一位著名的汉学家，他研究中国的古诗，是研究杜甫的专家。在他翻译成汉语的一篇论杜甫创作的论文中，引用了杜甫的一首诗，此诗先被他从中文翻译成挪威文，他的论文又被中国的翻译者从挪威文翻译成中文。这样，杜甫的这首诗就变成一首汉语新诗。我自认为熟悉杜甫，却无法判断这是杜甫的哪一首诗。之后，我为此翻遍了《读杜心解》，还是无法将杜甫的这首诗对号入座。经过两次转译以后，这首诗已经变成了另外一首完全不相关的作品。所以我想，诗歌的翻译确实非常困难。母语写作中的节奏和音乐感，隐藏在文章中那些含蓄的内容，要转译成另外一种文字，不容易。比如说中国古诗里面的五绝和七绝，二十个字、二十八个字，简洁铿锵，能够表现阔大丰富的意境，翻译者水平再高，也无法把那种魅力翻译出来。中国的翻译者翻译西方的诗歌，道理也一样，可以把那种意境翻译出来，但是原作的那种母语的音乐的美，母语里面隐含的那种幽默和智慧，转换成汉字后，可能就消失了。我们读到的，可能是另外一首意境类似的诗。所以，我想翻译是可能的，但是翻译者必须对两种语言都非常熟悉，对待翻译的语言就像母语一样熟悉。此外，诗歌的翻译者，自己必须也是一个诗人，能用母语写诗。这并不是每一个译者都能做到的，包括一些非常有名的翻译家。

不过，不可为之事还是要做，如果没有翻译的话，我们就永远不知道，在异国他乡，诗人们在写些什么，所以还是需要翻译。

诗歌的历史使命

诗歌的历史使命是什么？这样的话题，听起来过于严肃夸张，但确实值得探讨。

法国诗人达拉斯认为：要理解法国的诗歌的话，一定要明白这样一个道理，就是他从他自己的文学传统中吸收了很多的养料，大家耳熟能详的很多法国大家的思想和作品。其实，还有另外一种养料，那就是新传统。在1789年法国大革命中，这种影响不是瞬间产生的，是过了很多年之后，对生活在二十世纪的诗人产生着影响。比如说超现实主义诗人，他们创作的时候就面临两种传统，非常古典的传统，另一种就是新传统，所以他们有一种矛盾和挣扎，要把这两种传统完全地体会、容纳和吸收之后才能反映在他们的诗歌里面。

所以在法国，做一个诗人是一件很艰难的事情。

在我们读一本小说的时候，我们首先被各种各样的情节所吸引，因为作家写作的时候就是希望读者能够不停地一页一页地翻下去。比如说侦探小说，我们发现作者有时候在误导我们，我们走回到故事的结局，然后我们又走回到正确的故事线索上来，等我们阅读到最后的时候，就知道整个故事了。但是侦探小说，我们一旦合上书，就不会再看第二遍，因为没有东西可吸引你了。它的生命大概也仅止于此。诗歌则不同，诗歌是把阅读和理解的最大的自由完完全全地交给了读者。我们不知道读者会把我们的诗作理解成一个什么样的结局。所以诗歌的存在，大半意义在于读者。

我对达拉斯说：法语是逻辑性很强的语言，在你用法语创作诗歌的时候，这种挑战尤其大。那些能留下来被广为流传的诗歌，一定是表达了诗人真诚的情感。让读者共鸣的，最重要的是诗人的真诚，还有就是诗人浪漫的情怀、奇妙的想象以及对宇宙和人生的独特看法。有些诗歌轰动一时，但作品没有审美的价值，尽管诗中的内容因针砭了时弊而震撼人心，但是这种震撼并非诗歌的力量，写一篇社论也许能达到更为强烈的效果。这样的例子，我们在过去的时代看到太多，有些诗歌当时曾传诵一时，轰动一时，但是这个时代过去以后，人们对这些诗里面表达的问题不太关注了，这些诗歌也就随之被大家遗忘。所以真正有生命力的诗一定是以独特的艺术方式表达了作者的真实情感，这情感可能跟他当时的社会生活密切相关。比如说屈原的诗，屈原是一个爱国诗人，他的怀才不遇、他的忧国忧民，这种思想可能带有很强烈的政治色彩，但是他是用奇特的形式、美妙的文字把他的思想倾吐出来，所以他写出了真正的诗、不朽的诗。时至今日，诗人通过诗歌表达的那种对理想的追求，仍然可以打动我们。

中国古代的和近代的很多前辈诗人，为我们做了非常好的榜样。读他们的诗歌，我们至今还能够被感动。为什么？我想这种传统就是诗歌千百年来一直长盛不衰的一个颠扑不破的真理。真正的诗歌表达了什么？一个是爱，诗人用他们的文字传达了人类心灵的爱，爱大自然，爱人，爱生活；另一个是梦想。人类心灵里有很多的梦幻，通过诗歌，用文字把自己的梦幻表达出来。人类需要幻想，需要梦幻。如果没有梦幻的话，人类就有灭亡的这一天。所以诗歌的生命力是不会消亡的。

诗，使我常怀青春梦想

从写第一首诗至今，有了多少年头，自己也很难计算了。最初的诗，写在日记本中，那还是中学时代，距今已有四十多年了。我至今仍清晰地记得我在故乡崇明岛插队落户时写诗的情景。那些在飘摇昏暗的油灯下写的诗行，现在读，还能带我进入当时的情境，油灯下身影孤独，窗外寒风呼啸，然而心中却有诗意荡漾，有梦想之翼拍动。可以说，诗歌不仅丰富了我的生活，也改变了我的人生。诗歌之于我，恰如那盏在黑暗中燃烧着的小油灯，伴我度过长夜，为我驱散孤独。人人心中都会有一盏灯，尽管人世间的风向来去不定，时起时伏，只要你心里还存着爱，存着对未来的希冀，这灯就不会熄灭。世界博大，人心纷繁，我想，人类心灯的形态和光芒是不一样的。和诗歌结缘，是我的幸运。

　　前年，北京一家出版社出了我的十八卷文集，其中两辑是诗歌，收入诗作三百余首。编这两辑诗选，使我有机会重温自己写诗的经历。文集中的诗，不是我诗作的全部，时间跨度逾四十年。这些诗行中，有我人生的屐痕、生命的印记，是我在文学之路上探索前行的足音，也是我所生活的时代在我心灵中激发出的真实回声。对一个写作者来说，真正的诗歌到底是什么？很多年前，在《上海文学》的"百家诗会"发表诗作时，我曾经写过一段话，表达了我对诗的看法："把语言变成音乐，用你独特的旋律和感受，真诚地倾吐一颗敏感的心对大自然和生命的爱——这便是诗。诗中的爱心是博大的，它可以涵盖人类感情中的一切声音：痛苦、欢乐、悲伤、忧愁、愤怒，甚至迷惘……唯一无法容纳的，是虚伪。好诗的标准，最重要的一条，应该是能够拨动读者的心弦。在浩瀚的心灵海洋中引不起一星半点共鸣的自我激动，恐怕不会有生命力。"年轻时代的思索结果，现在来看，依然可以接受。

　　如今的时代，写作不会受人规范，诗人可以随心所欲地放歌吟唱，可以用千奇百怪的方式组合文字，可以不管读者的观感自说自话，可以天马行空俯瞰人世，也可以混迹市井随波逐流，诗歌在中国的美名和骂名，都涵藏在这些现象中。不过我相信，不管世风如何变化，有一条规律大概不会改变：那些失去了真诚的诗，一定是没有灵魂，也不会有生命的。

　　我写诗的数量，随着年龄的增长而减少，这并非说明我对诗歌的热爱在消退。诗是激情和灵感的产物，诗的激情确实更多地和青春相连，所以诗人的特征往往是年轻。然而这种年轻应该是精神的，而非生理的。只要精神不老，诗心便不会衰亡。这些年，我更多写作散文，但从未放弃过诗歌。诗和散文之间，其实有很多相通之处。只要我仍在写作，我就会继续写诗。最近这一年多来，我一直在写诗，而且离开了电脑，用纸和笔。我曾经以为自己的写作已经无法离开电脑，但这一年多来，我的诗稿是在纸上，在一本薄薄的笔记本里。常常是在旅途中，坐飞机，乘火车，或者是在旅馆里，尽管匆匆忙忙，但奇怪的是，我却能在匆忙中陷入诗的沉思，多年来盘旋在心里的思考和诘问，以及曾经有过的遐思和联想，凝集在笔端。笔记本上那些密集而杂乱的字迹，泄露着灵魂的秘密。甚至在梦中，也会有一个无形的声音在我耳畔吟诗，我有时被梦中出现的诗惊醒，赶紧起床，开灯在纸上记下梦中出现的诗句。因为，若不记下，天亮后一定会忘记。那首题为《重叠》的短诗，就是完整地得自梦境：

　　　　世界总是重叠

　　　　重重叠叠

　　　　重重叠叠

往外看
窗外有窗
门外有门
山外有山
天外有天

往里看
瞳仁里还有瞳仁
嘴里还有嘴
心里还有心
灵魂里还有灵魂

如何走出重叠
破解重叠之锁
先往里走
再往外走

睁开瞳仁里的瞳仁
启动心里的心
放飞灵魂里的灵魂
推开窗外的窗

打开门外的门

登临山外的山

眺望天外的天

不重叠的世界

四通八达

也许是自由的世界

（2014年1月13日凌晨梦中所得，晨起记之。）

这并非梦呓，而是"日有所思"的结果。今年春节长假，我在书房里整理这一年来写的诗，读那些于匆忙局促和梦境中得到的文字，其实也是在反思我的人生，回顾并憧憬沧桑岁月的斑斓光影。

感谢诗歌，使我的人生多了一点浪漫的色彩。感谢诗歌，使我多了一种记录生命、感受自然、抒发情感的方式。感谢诗歌，使我常怀着青春的梦想，哪怕霜染鬓发，依然心存少年情怀。感谢诗歌，其实也是感谢生活，给了我生存的土地，也给了我思索和灵感的源泉。

2016年2月28日于四步斋

关于玛雅的断想

人类的古代文明，时常使现代人感到目眩。远古文明，充满了悬念和玄机，其中的迷雾和疑团，尤其让人着迷，让人心驰神往。中国人善于用文字记载历史，那些刻在龟甲和兽骨上，写在竹简上，刻在石碑上的文字，把数千年前的天地景象和人间故事留给了现代人。和古埃及的文化相比，我们的文化少了一点神秘感。玛雅人的历史远不如中国的历史那么古老，因为缺乏文字的记载，又突然从南美丛林中销声匿迹，所以给现代人的印象扑朔迷离，神秘至极。也许在很多人心目中，玛雅文化是世界上最神秘的文化。

在去墨西哥之前，我觉得人们对玛雅文化的宣传有点夸张，对玛雅文化在人类历史中所占据的地位也有些夸大。这样的文化，怎能和古埃及和古中华的文化相提并论？古埃及人建造金字塔，中国人修筑万里长城时，玛雅人在哪里？那时的美洲，大概还是一片荒蛮之地。

在尤卡坦，当我站到那个著名的玛雅天文台下，抬头仰望那残缺的穹顶，凝视穹顶下那个幽深的窗孔，产生的联想是很奇怪的。这个天文台留给现代人的，其实只是一堆砖石。但是千百年前，一个甚至没有完备文字，没有系统典籍的民族，竟然想到建造如此规模的天文台，用它来眺望宇宙，研究星空，推算天地间的时光，谁能怀疑他们的智慧呢？据说玛雅人能精确地推算过去和将来的岁月，凭的就是对天空的观察。玛雅人测算的地球年为365.242天，与现代人的测算误差仅26秒，即5000年误差才一天。

怀疑玛雅人的智慧是愚蠢的。

玛雅人在造型艺术上达到的高度，也让人叹为观止。

我看过很多玛雅人留下的石雕，那些刻在花岗岩上的浮雕，线条繁复却流畅至极，造型奇特却不失真实。他们能在方形的石柱和扁平的石板上刻出形态各异的人物，不管是巨大的石雕，还是微型的陶塑，造型都极为生动。人物丰富的表情，精美的服饰，人和动物的交流，和自然的协调，在他们的雕塑中都表现得令人惊叹。我从墨西哥带回一个陶制的玛雅人浮雕，造型很奇特，精致的头盔占据了整个人体的一半，雕像的脸憨厚而快乐，身体很小，和头部差不多。这漫画式的雕像，是艺术家绝妙的创造，看这样的形象，不觉得畸形，只感觉玛雅人有想象力，也有幽默感。前年上海博物馆举办玛雅文物展览，又看到不少类似的陶俑和玉石雕刻，引起中国观众极大的兴趣，它们使人联想起中国汉唐的陶俑，形态和脸部表情，都有相似处。看这样的雕塑，一下子拉近了中国人和玛雅文化之间的距离。

艺术制造了神秘，也驱散了神秘。

玛雅人还生活在这个世界上，只是他们和他们的祖先已经没有多少直接的关系。在参观古玛雅人的生活地时，我曾看到一个年轻的现代玛雅人创作木雕，他那娴熟的刀法使我想起庖丁解牛，锋利的钢刀在木板上快速游动，曲折流畅的线条刻出古代玛雅人的头饰和容貌。他能这样熟练，那么多形象烂熟于心，当然是看多了古玛雅人留在石头上的那些浮雕。现代玛雅人的目光凝视古玛雅人的形象时，会闪烁出什么样的光芒？在这位年轻的玛雅艺术家的身上，我似乎感觉到了这个神奇民族古今之间存在着的一种无形的维系。

岁月有时会湮没所有的一切。当年玛雅人匆匆离开他们的城市和家园，抛弃了精心建筑的宫殿和陵园，抛弃了他们曾经备感光荣和骄傲的金字塔，其中的原因成为千古之谜。

是天灾所致，是躲避瘟疫，是生存的环境变得不堪忍受，还是因为残酷的战争？当然，还有那个最撩拨人心的"外星人插足"之说。答案也许非常简单，但因为任何一说都有其成立的依据，学术的纷争才更有趣、更吸引人。很多人希望这答案永远不必明了，永远是"谜"，这样，玛雅人的遗迹才能保持它们的神奇魅力。

一个民族，为了生存，能如此决断地出走和放弃，这需要何等的勇气和魄力。不管这个谜底是什么，我都因此而对玛雅人心怀敬重。

玛雅文化和中国古代文化，究竟是否有联系，大概是值得研究考证的一个课题。以我之见，两者可能毫无关系。人类在不同的地域、不同的时代创造相似的文化，不是没有可能。况且，玛雅文化和中国古代文化，毕竟还是有很大的差异，持"同源"之说者的依据，主要还是联想、想象。当年在墨西哥城参观墨西哥人类博物馆看那些玛雅文物时，我也曾有过"同源"的联想，但那只是受引导之后产生的念头，属于浪漫的遐想。在墨西哥，也有不少人持这样的看法，见到中国人时，他们会把这种看法表达得更夸张。在一次文学界的酒会上，一位墨西哥小说家的祝酒词像朗诵一首大胆的诗歌："数千年前，一群勇敢的中国人走过白令海峡，踏上荒凉的美洲，给我们带来了东方文明。我们是同一个祖先的后代。"想象可以如同天马行空无羁无绊，根据想象得出的结论也可以千奇百怪，令人瞠目。但正如专家之言，要证明玛雅文化和中华文化之间的关系，需要确凿的证据，至今为止，谁也拿不出这样的证据来。仔细看那些玛雅遗物，到底还是和我们老祖宗留下来的东西不一样。

人类的文明是有源头的，它们像无数条涓涓细流，从千山万壑奔涌出来，流淌过来，其轨迹缥缈曲折，难以寻踪。一个民族的文化，必定有自己的起源和发展历程，它们源自不同的深山老林，但总会流向开阔，会流向原野，去和其他不同的源流交汇。这样的交汇，可能集合成更丰富多彩的文明。玛雅文明和中华文明的源头问题，引起现代人种种猜测和联想，人们将它们做各种各样有趣的比较，我想，其实也可以把这类比较和联想看作是两种文明的一种奇特交汇吧。

2017年4月5日

端午的色香味

关于端午节的记忆，有颜色，有香气，更有诗的韵味。

端午节的颜色，是绿色，是来自田野水泊的青碧之色。端午临近时，家家户户都在家门口挂起新鲜的艾草和菖蒲。节日未到，那清新的绿色就已经上了门。

儿时过端午节，印象最深的当然是粽子。那时城里人都是自己包粽子，菜场里能买到各种粽叶：芦青、竹叶、荷叶、笋壳。街头巷尾也能看到从乡下来的农民守着一摊摊绿色，那是他们刚从湖畔河岸采来的芦苇叶。小时候吃的粽子，大多是用芦叶包的。碧绿的芦叶，用清水洗干净，浸在盆里，粽子还没有开始包，粽叶的清香已经到处可以闻到。用来包粽子的糯米、赤豆、红枣、花生，用酱油浸透的猪肉，已经准备好放在锅里盆里。端午节的前两天，是包粽子的日子，上一辈的人都会包粽子。我的祖母就是包粽子的好手，芦叶在她灵巧的手上翻飞，很快就包出了各种式样不同的粽子，三角粽、四角粽、牛角粽、小角粽、枕头粽。她还会用一张芦苇叶，包出一只只小小的粽子，用线连缀成一串，这是祖母专门为孩子们包的项链粽。

煮粽子的时候，粽子的香味从每一扇门、每一扇窗户里飘出来，整个弄堂、整个城市、整个世界，仿佛都被粽子的香味笼罩了。

大人包粽子时，孩子们会用芦苇叶做哨子。一张芦叶卷成筒状，就是一个芦叶哨，可以吹出各种声音，还能吹成曲调。小的芦叶哨，吹出来的是高亢尖锐的声音。在小芦叶哨上用芦叶一张一张接着卷，卷成长长的喇叭状，鼓起腮帮用力吹，可以吹出粗犷浑厚的声音。芦叶哨的声音在城市里此起彼伏，这是端午节期间特有的声音。

端午的气息，当然不仅仅是粽子的香味。挂在门口的艾草菖蒲散发着清香，喷洒的雄黄酒，那些浸染着雄黄、艾草、茴香和花香的彩色香袋，也在不同的角落散发着香气。大人们说，艾草菖蒲和雄黄，可以避邪驱瘴，也可以驱赶蚊蝇。大人在孩子额头用雄黄粉画一个"王"字，额头上有"王"字的孩子便认为自己变成了老虎，带着雄黄的气息到处蹦跶。

五月初五，正是仲夏之始，大地草木葳蕤，到处是盛开的鲜花。花的香气，就是端午的香气。女人们选那些小而精致的、有着清雅香气的花朵，点缀端午的气氛。栀子花、白兰花、艾草叶、石榴花，插在发髻，佩在胸口，戴在腕上，在这个节日里，女人身上带着花香，花草的清芬和女性的气息融为一体。端午，是追求优雅和美的时节。

和端午节相关的，绝不仅仅是花草和粽子，端午节，和诗人屈原的名字连在一起，这个古老节日真正的气味，应该是诗的韵味。小时候就听老人说，过端午节，就是为了纪念大诗人屈原。屈原忧国忧民，在汨罗江自沉，人们在河里竞舟，是为了寻找消失在急流中的诗人，往河里投粽子，为的是喂鱼，这样可以保护投江的屈原。赛龙舟，包粽子，成为端午节的风俗。

"中天节"是端午节的别称。端午节，是中国传统节日中别称最多的一个，除了"中天节"，端午节还被称为龙舟节、重午节、端阳节、夏节、艾节、菖蒲节、女儿节、正阳节、龙日节等。唐代以前，常用的名称是"五月初五"，唐以后，"端午"才成为大多数中国人对这个节日的称呼。端午节的别名中，有"诗人节"和"屈原日"，这也许是这个传统节日真正的主题。在很多人的心目中，端午节就是诗歌节，因为这个节日和一个伟大诗人的名字连在一起。

2019年6月2日于四步斋

天香和诗心

秋风中，处处飘漾着桂花的清香。走在树林里，看不见桂花的影子，它们隐藏在绿叶丛中，却将那沁人心脾的花香倾吐得满世界都是。桂花容貌不张扬，小小的花骨朵，只是紧贴着枝叶的点点金黄，要走近了才能看清，而它们的香气却远比那些大红大紫的花卉迷人。

在为2019年上海国际诗歌节特刊写这篇开场白时，上海作家协会的花园里，桂花正在盛开，我周围的空气中飞扬着桂花的香味，所以很自然地想起了桂花。如果要用一种花卉来比喻诗歌，我以为桂花正是合适的意象。桂花是中国特有的花，它散发的香味，是花的歌声，是天籁的气息。大自然用奇特的方式，把蕴蓄了一年四季的情感释放在天地之间，你看不见它，摸不到它，它却包围你，陶醉你，弥漫你的身心。这是天地间的秘密，是意涵幽深的花的语言，是地气和日光在风中奇妙的融合。古人在诗中称桂花的香味为天香："桂子月中落，天香云外飘。"李清照曾经这样吟咏桂花："暗淡轻黄体性柔，情疏迹远只香留。何须浅碧深红色，自是花中第一流。"中国词汇中的"桂冠"，和桂花的形象和气息有关，真正的诗人，有生命的诗歌，可以拥有这样的桂冠。

去年秋天，我在南京和阿多尼斯相聚，在先锋书店参加他的新书首发式。阿多尼斯告诉我，中国的桂花是一种神奇的植物，他喜欢桂花。离开南京，他要上黄山，他准备写一首关于中国的长诗，这首长诗的题目是《桂花》。分手后的这一年中，我一直期待着读到阿多尼斯的《桂花》，我好奇，他会用怎样的方式写中国的桂花，而桂花又怎么成了中国的象征。前几个月，阿拉伯语翻译家薛庆国告诉我，阿多尼斯的长诗《桂花》已经完成，他正在把这首诗翻译成中文。今年秋天，阿多尼斯将应邀出席上海国际诗歌节，并且带来了他献给中国读者的长诗《桂花》。非常荣幸，《上海文学》可以在上海国际诗歌节特刊上首发阿多尼斯这首长诗的部分篇章。在这首长诗里，阿多尼斯变成了一棵桂花树，扎根黄山，飞越时空，和中国古老的先哲对话，和中国的山水自然交流，桂的清香，如灵魂渗透在他的诗心中。诗人的思绪如天马行空，如花气四溢，把天地宇宙和人情世故，把人类对前世未来的想象，把不同文化之间的交融和碰撞，表达得气象万千。阿多尼斯用他的新作生动诠释了今年上海国际诗歌节的主题：诗歌是沟通人类心灵的桥梁。

在《桂花》中，可以读到很多让人怦然心动的诗句：

"在这个独具特色的地方，以我的名字种下一棵桂花树。于是，我开始在我体内，发现一座从未发现的大陆。"

"我想象我是一棵桂花树，我感觉仿佛握住了时间的火苗。"

阿多尼斯说："有朝一日树木会成为墨汁，花儿会成为词语。"他用自己的长诗《桂花》，让这样的预言变成了现实。这首用阿拉伯语创作的长诗，会飞越语言的障碍，打动中国读者的心，成为诗坛的佳话。

这一期诗歌节特刊，发表了19位诗人的组诗，这些风格迥异的诗篇，是从不同的心灵中开出的奇花异卉，它们带来了世界各地的美景，也向读者展现了诗歌可能创造的奇迹，从一个心灵世界，到另一个心灵世界，相隔千里万里，却可以在转瞬之间便相互抵达。

翟永明在她的《变成孩子》中这样发问："世界上有五千种语言，一个人占有几种？"喧嚣的俗世浊流泛滥，计算机语言吞噬大脑，欲望横流，病毒感染，在日益复杂混沌的天地间，诗人这样回答世界：

"变成孩子，就是把五千变为一就是用孩子的心去询问世界像手一样说话像光一样阅读就像影子一样灵通自然我的视点低到草丛中去接近天空变成孩子就是变成一种语言……"

变成孩子，这是诗歌对人心的呼唤。时光不会倒流，生命也无法逆生长，但飞扬的诗心可以使一切成为可能。诗歌，是沟通心灵的桥梁，诗歌，也是爱诗者共同的母语。诗歌如桂花的清芬沁人心脾，如天香清洁着世界，变混沌为清澈，变复杂为单纯，变虚伪为真诚，变世故为天真，变人心叵测为心心相印……

2019年桂蕊飘香时节于四步斋

第
三
辑

江　南　的

柔　和　刚

徐家汇的足音

徐家汇，在如今的上海是一个繁华时尚之地，商厦如巨人比肩林立，彩色的人流穿梭涌动。古老的徐家汇天主教堂，在高楼中觅得一方空地，将两个锥形的尖顶高刺入云，仿佛是在用一个惊叹的表情向人们发问：你是否知道，这里曾经发生过什么？你是否知道，这地名的来历？

历史有时像魔术师，让时光倒错，周围的天地和气息瞬间变化，把现实中的人拽入遥远的往昔。每次经过徐家汇，我都会看到一个飘逸的背影，瘦削，沉静，在波光树影中踽踽独行，遥远而神秘。他从四百年前的古老历史中走出来，脚步轻捷，却一路足音激荡，整个世界都漾动着悠长不绝的回声。这个和徐家汇连成一体的伟人，是徐光启。徐光启曾经在这里生活，徐家汇就是因他而得名。

徐光启何许人？徐家汇不会忘记他，上海不会忘记他，中国和世界都不会忘记他。因为，他的智慧已经在这片土地上生根发芽，开花结果，世人至今仍能感受到他智慧的成果。

徐光启是中国明末最重要的科学家，他博学多识，是个奇才，精通的学术领域，涉及天文、地理、农学、历法、数学、军事。

先说说他在天文历法上的成就。在他之前数百年，中国的历法是《大统历》，到明朝已是误差累积。徐光启吸取了欧洲先进的天文学知识，准确预报各种天象，因而名声大振。此后他主持参与了工程艰巨浩大的"改历"工作，编撰成137卷的《崇祯历书》，为我国天文学作出了重大贡献。

再说说他对中国农业所作的贡献。徐光启出身农家，毕生关注农业，他认为农事是中国最要紧的国计民生大事。他的著作《农政全书》，是当时中国农业方面集大成的经典之作。徐光启作为一个农业科学家，绝非纸上谈兵，而是注重实践和实用，解决现实生活中的问题。他重视水利建设，重视农作物栽培革新，并且身体力行，亲自下田进行各种农业技术实验。他创立的试验农庄，就在如今的徐家汇这片土地上。他成功地把生命力强、产量高的福建番薯引种到长江中下游，把江南的水稻推广到北方，这样重大的农业革新，在很大程度上解决了中国人的吃饭问题，在饥荒年代使无数人免于饿毙。他在这方面的贡献，不亚于今天的水稻专家袁隆平。

在徐家汇天主教堂中，有一幅壁画，画面上，有一个穿明代官服的中国人，一个着汉服的西洋老人，两人比肩而立，拿着书本在相互切磋探讨。这是现代人对历史的回溯和遐想。画面上的中国人是徐光启，那个西洋老人是意大利传教士利玛窦。画面中所描绘的，是十七世纪初的景象。利玛窦是最早来到中国的西方传教士，也是一个满腹经纶的学者。徐光启和利玛窦的相识和合作，可以说是中西文化交流的一个重要开端。利玛窦结识徐光启后，向他推荐了古希腊数学家欧几里得的著作《欧几里得原本》。对于一个不识拉丁文的中国人，读这样深奥的数学著作无异于看天书，但徐光启却在利玛窦的帮助下顺利通读，并深为书中严密的理论和逻辑推理所折服，他认为，这本书，"无一人不当学"，应该把它翻译给中国人看。在利玛窦的帮助下，徐光启开始了艰难的翻译。这是一件前无古人的工作，要把拉丁文原著中那些数学理论和专业名词译得准确而通俗，让中国人能读懂而不致误解，难如登天。然而徐光启迎难而进，没有退却，他将书名译为《几何原本》，"几何"这个特定名词，便源于此，"平行线""三角形""直角""锐角""钝角"，这些现在已成为小学生常识的数学术语，第一次通过徐光启之手，出现在汉语词汇中。中译本《几何原本》问世，是中国科学史上的一件大事，这本书对中国的近代数学产生了巨大影响。

徐光启是中国最早的天主教信徒，当时官至礼部尚书兼东阁大学士，虽居高位，却两袖清风。1633年，徐光启在北京病逝后归葬上海，举行了中西合璧的葬礼。他的后代都在其墓地周围聚居，并逐渐世代繁衍，徐家成为这一带最受人尊敬的大家族。因这里原有肇嘉浜、蒲汇塘、法华泾三水汇合，又是徐家的聚居之地，所以人们便称这里为"徐家汇"。这数百年来，徐家汇逐渐成为中西文化交流荟萃之地，教堂、神学院、修道院、藏书楼、观象台、博物院、印书馆纷纷在这里出现。

徐光启的墓地，就在离徐家汇不远的光启公园中。这是喧闹中的宁静之地。长眠在这里的徐光启，如果看到徐家汇在改革开放年代的巨变，也许会惊奇。而这样的变化，正是中国由弱而强的沧桑缩影。徐光启当年在科学研究道路上呕心沥血，图的是国家和民族的富强，看到这样的变化，他应该会欣慰含笑。

2009年6月21日于四步斋

回眸西摩路

假如把街道拟人化，每条街道都会使我联想起一些性格各异的人。有的道路雍容缤纷，有的道路质朴无华；有的道路豪迈粗放，有的道路优雅精巧；有的道路热烈奔放如少男少女，有的道路深沉曲折如阅历不凡的老者。在上海，街道的个性尤其丰繁多姿。

走在地处闹市中心的陕西北路上，感觉就是和一位满腹经纶的智者交谈，他能将你引入幽深的历史长廊，和你一起倾听漫长岁月的风雨回声。这条路有将近一百年的历史了，从前，它被称为西摩路，西摩，是一位英国将军的名字。中国的道路以外国将军的名字命名，可以怀想当年的国情和上海这座城市的岁月沧桑。如今，知道西摩的人恐怕很少，但人们来到上海，都喜欢在这条路上走一走，不是为了寻访西摩的足迹，而是来浏览百年岁月留在这条路上的脚印。

这条路不宽，路两边的建筑也不算高大，但这里的每栋楼房都面貌各异，就像一群来自不同时代的人，伫立在这里展示他们的个性。这些建筑，也许可以供建筑史家研究成一部斑斓大书，欧美的风格和中国的韵味，在这些建筑中巧妙融合，让人目不暇接。就说沿街的围墙吧，有彩色砖石砌成的，有造型多变的金属栏杆构建的，也有用竹子编织的。透过围墙的空隙看里面的楼房，看见的是千姿百态的风光，是迥然相异的表情，恍若在一个博物馆里欣赏挂在不同镜框中的油画，画家来自世界各地，描绘的是天南海北的风光。

俗话说，人不可貌相。建筑也一样，建筑的形态、结构和规模，固然决定着它的身价，然而作为历史的见证，它们的人文内涵更能引人入胜。什么是建筑的人文内涵？其实就是建筑和人的关系：谁建的房子，为什么建这房子，谁在这房子里住过，这房子里发生过和什么人有关的故事。陕西北路上的老房子，每一栋都经历不凡，其中的悲欢离合、爱恨情仇，能供小说家们写出很多情节跌宕的长篇小说来。

这条路上的建筑，曾经和上个世纪一些风云人物的名字连在一起。孙中山、蒋介石、宋耀如、宋氏三姐妹、伍廷芳、许崇智、荣宗敬、董浩云……都曾在这里留下了脚印。如果有心回溯历史，想寻访这些历史名人的足迹，可以在这里慢慢徜徉。

陕西北路南阳路口，那个被高而密集的竹篱笆围起来的宋家老宅，曾经是一个神秘而令人神往的地方。这里最初是一个英国人的私宅，后被基督教牧师宋耀如买下，遂称为宋家老宅。宋耀如是辛亥革命的元老，是孙中山先生的得力支持者，他的三个女儿，就是中国近代史上名声显赫的"宋氏三姐妹"。蒋介石和宋美龄的婚礼，1927年在这里举行。解放后，宋庆龄在这里创办了中国福利会托儿所，后又成为中国福利会的办公地点。现在走进宋家老宅，在它安静典雅的厅堂里，面对着墙上那些黑白老照片，仿佛还能看见宋耀如夫妇和宋氏姐妹温文尔雅的身影。

从宋家老宅出来，我想起了紧邻陕西北路的张家花园，那里曾是晚清沪上最著名的园林，人称张园。孙中山、黄兴和蔡元培曾在这个园林中发表过演讲，激昂睿智的声音，一次又一次在古老的园林里回荡。张园的土地上，现在是一片石库门和欧式宅院相掺杂的居民住宅区。如果你对历史有一份珍惜的情怀，那么，在现代的人间烟火气息里，也许还能听见历史的悠长回声。

陕西北路北京西路口，有一栋被花园簇拥的欧式楼房，园内古木翁郁，青藤逶迤，当年，这里曾是香港首富何东的住宅，现在是上海辞书出版社所在地。有多少文人雅士出入这个花园，大概难以计数。对这栋林木葱茏的花园楼房，我的心里有一种亲切感，因为，我有好几本书曾由上海辞书出版社出版，很多次进出这个花园。坐在编辑的办公室里谈古论今，看窗外绿荫摇曳，听树丛中传来婉转的鸟鸣，让人难忘。在闹市中心，能和天籁为伴，真是一件美妙的事情。

陕西北路南京西路口，是平安大楼，这也是我熟悉的地方。面对十字路口的平安电影院，是我童年时代经常去看电影的地方，至今仍记得在门口等退票和看电影的情景。从平安大楼再往南走不多几步，是华业大楼，当年，这栋建筑在上海算得上巍峨高耸了。在这栋公寓楼中，很多文艺界的明星曾经住过，李健吾、金山、俞振飞、张瑞芳、王丹凤，这些名字，已经镌刻在这栋大楼的记忆中。

陕西北路上，有两个教堂值得一提。一个是西摩会堂，另一个是怀恩堂。西摩会堂是犹太教堂，建于上世纪初，这是一栋结构精美、气象恢宏的建筑，让人想到古希腊的大神庙。西摩会堂曾是远东规模最大的犹太教堂，也是在上海历史最久的犹太教堂。二次大战期间，上海成为欧洲犹太人的避难所，那些躲过纳粹屠刀的犹太难民，曾聚集在这里举行宗教活动，感恩上苍，也感恩上海和中国。以色列的几任总统和总理访问上海时，都曾到这里参观，其中有被人怀念的拉宾。很多西方国家的元首，也都在此留下足迹，在他们的心目中，这是一个不能忘怀的圣地，这也是上海这座城市海纳百川、慈悲天下的见证。西摩会堂，已被世界纪念性建筑基金会列入世界纪念性建筑保护名录。怀恩堂是基督教堂，红色的砖墙，白色的框架，给人肃穆圣洁的感觉，教堂大厅里，可容纳两千人做弥撒。若在这条路上散步，经过怀恩堂时，常常会遇到神情安宁的基督徒出入其中。

走在陕西北路上，免不了东张西望，处处流连忘返。当你站在那里沉思默想，陷入怀古之幽情时，从身边呼啸而过的汽车会把你拽回到现实中来。这时，会生出一点憾意，假如，这是一条步行街，该有多好。

2010年11月2日于四步斋

遥望海门

遥望海门，漾动在内心的，是一种亲切感。

为什么感觉亲切？是因为那浑厚纯朴的乡音。

我的故乡崇明岛，和海门只是半江之隔。崇明话和海门话，基本上是相同的。我出生在上海市区，中学毕业后，曾到崇明岛插队落户，在故乡劳动生活，和各种各样人物交往，对乡音有了深切的认识。在中国的方言中，崇明话是非常独特的一种，既有江南的委婉，也有北地的厚重，那些生动的俚语，蕴藏着民间的智慧。譬如崇明话把聪明说成"狭咋"，把长得好看说成"标致""样式"，把可爱说成"喜见人"，把有耐心说成"好心相"，把心灵手巧说成"心功巧"，把长得难看说成"蠢"，把心地刁钻说成"挖掐""戳掐"……有些在其他地方已经消失的古音，在崇明话里还能听到。崇明话中很多词语的发音，在中国的语言中可以说是独一无二的，很多词汇，用现代汉字无法表达，用汉语拼音也无法标示。我曾经以为，世界上只有崇明岛上的人能说这样的话。记得有一次和村里的农民一起到镇上去赶集，在集市上遇到几个海门人，听他们和崇明本地人说话，竟然分不出谁是崇明人，谁是海门人。一个海门的小伙子告诉我："海门话和崇明话是一样的，我们说一样的话！"海门小伙子说这话时，语气中有一种自豪，也有一种类似亲戚的亲近感。从此我知道了，海门人和崇明人说同样的话。

站在崇明岛北岸遥望海门，能看到一线陆地，这就是海门，我觉得，那是我故乡的延伸。

海门在我心里产生亲切感，还因为我钦敬的几个海门人。

海门是长江和东海交汇处新生的土地，历史算不上古老，但在它不长的历史中，却出现过一些名垂青史的人物，他们对中国的贡献，值得后人永远铭记他们的名字。

我的中学时代，是上世纪六十年代，我是个酷爱读书的文学青年。那时，家境清寒，囊中羞涩，没有钱到新华书店买新书。积攒了一点零钱，就到上海福州路的上海旧书店里淘旧书，常常花一两毛钱就能买到很好的文学书籍。读初一那年，有一次在上海旧书店里买到一本《西窗集》。这是一本欧美现代作家的作品集，翻译者是卞之琳。这本薄薄的旧书，使我为之迷恋。《西窗集》是诗人卞之琳于上世纪三十年代翻译的一本书，1936年初版。此书的体例很独特，书中选译了一批西方作家的作品，而且大多是节译而非全文。将一些没有译全的作品集中在一起，似乎是一种残缺的组合。然而读这本书时，却没有残缺和不完整的感觉。书中的作品，大多写于十九世纪末或者二十世纪初，是文学创作中最初的"现代主义"潮流中的晶莹浪花，在二十世纪二十年代，这些作品曾是欧洲文学界的时髦读物。时髦读物未必能流传于世，很多鼓噪一时的时髦读物很快就被人们忘记。而《西窗集》中的文字，大多已成为世界读者心目中的经典，现在读来依然魅力四射，这不得不使人佩服卞之琳先生的眼光和品味。《西窗集》中，有法国作家普鲁斯特的长篇名著《追忆似水年华》的节选，是小说的开篇第一段。在这部皇皇巨著中，这一段文字是我最喜欢的。能将一个人在将睡未睡、将醒未醒时的思绪转化为文字，能将似梦非梦的幻觉描绘得如此传神，只有普鲁斯特能做到。这样的文字，应该让诗人来翻译。在《西窗集》之前，中国还没有人将《追忆似水年华》翻译成汉语，卞之琳先生是国内第一个翻译这部小说的人。此书的全译本，在五十多年后才出现在中国。

卞之琳先生说，当年他翻译这本书，"只是为了练笔，为了遣怀，为了糊口，信手拈来"，是一种"漫不经心，随意摘拾的文学散步"，为了糊口，卞之琳先生大概并没有夸张，当时的文学青年差不多都在为糊口而挣扎着。然而"为了糊口"而翻译出如此美妙的一本书，真让人感慨。可以想象，卞之琳先生的阅读范围是何等博杂宽泛，否则，要想漫不经心地"信手"拈出这么多精妙的文字，绝无可能。《西窗集》是我年轻时代最喜欢读的书之一。今天，我的案头还放着这本书。卞之琳先生不仅是一位杰出的翻译家，还是中国现代文学史中独树一帜的诗人和学者。卞之琳先生是海门人。

另一位让我肃然起敬的海门人，是张謇。

我一直以为张謇是南通人，到了海门，方才知道，张謇也是海门人。在他的故乡常乐镇，已经建立了张謇纪念馆。这位前清状元，中国近代了不起的实业家、教育家、慈善家，为近代中国的工业、教育、外交、城市建设做出卓越贡献的先贤，是海门的骄傲。张謇一生都在追求理想，一生都在尽心尽力地把自己的理想化为实践。他以自己的学识智慧和影响，在旧中国闭塞寂寥的土地上拓荒开道。张謇开办的工厂、学校、医院、养老院、育婴堂、残疾人抚养院、流浪者栖留所，在海门，在南通，在长三角一带，星罗棋布。他所创导的事业，很多都是全国首创。他创办了中国第一所私立师范学校、第一所戏剧学校、第一所女子师范学校、第一所医学院、第一所幼儿园、第一所中国人办的聋哑学校。在积贫积弱的旧中国，想靠一己之力改变现状，无异于做梦。

然而张謇却执着地做着他的美好的梦，并且让人难以置信地将他的部分梦境变成了现实。

在张謇纪念馆里，可以通过很多旧照片窥见这位追梦者曲折坎坷的辉煌人生。他留给世人的最后一张照片，让我的心灵受到震撼。1926年8月1日，83岁高龄的张謇冒着酷暑和工程师一起到长江保坍工程工地视察，张謇手持拐杖，站在高高的堤坡上，指挥修堤工人们施工。拍这张照片的23天后，张謇病逝。照片上张謇的人很小，只是大堤上一个小小的人影。但那个小小的人影却在所有参观者的心里放大，放大成一尊让人敬仰、让人感动的历史雕像。

胡适先生对张謇有这样的评价："张季直先生在近代中国史上是一个很伟大的失败的英雄，这是谁都不能否认的。他独立开辟了无数新路，作了三十年的开路先锋，养活了几百万人，造福于一方，而影响及于全国。"

张謇的梦想，在今天的海门，今天的中国，正在变成现实。

2011年7月23日于四步斋

纯阳洞奇想

看不见尽头的山洞。灯光幽暗，云烟飘漾，静谧中暗示着古老的神秘。淡淡的清香，在空气中弥漫，这清香，是无法道出名字的花之魂魄，是翩跹在光烟中的粮草之精灵，是从仙客杯盏里飘出的丝丝缕缕的酒之羽翼。

洞的名字也和仙人有关：纯阳洞。纯阳者，吕纯阳也，八仙之一吕洞宾便是。在四川泸州，人人都知道此洞，却少有人探明它究竟有多深多长。战争年代，这里曾是当地人躲避飞机轰炸的天然防空洞，人们对这曾经保护了生命的山洞有亲近的感情。如今，这山洞是一个巨大的储酒场。山洞里，储藏着上万吨陈年美酒。泸州老窖酝酿的美酒，在这里静静地修炼，期待，经历着一个外人难以想象的升华过程。

泸州老窖酿酒的古窖池，四百多年来一直延续不断酿制着美酒，成为天下奇观，也是国之瑰宝。从古窖池中酿制出的美酒，被装入坛中，送入山洞。一人高的酒坛，排列洞中，不计其数，绵延数万米。这储酒的地下洞穴，和古窖池一样，也是天下无双的奇观。走在纯阳洞里，身边的酒坛一个个擦肩而过，坛无声，酒无语，而我却觉得这些酒坛犹如来自千百年前的古人，敦厚，朴实，含蓄，以一种淡泊沉稳的姿态伫立在那里。不会喝酒的人，在这飘漾着酒分子的洞穴之中，会有微醺的感觉，眼前的景物，都在云气氤氲之中变幻，那一排排酒坛仿佛在浮动，幻化成一群蹒跚起舞的古人。

古人在这样的气息中蹒跚起舞，一定是喝了酒。传说中李纯阳曾在这里喝醉酒，一醉成仙。这当然只是传说，无须当真，可以一笑了之。我也想起了李白。李白的诗中，和酒有关的佳作多得数不清，"人生得意须尽欢，莫使金樽空对月"，"古来圣贤皆寂寞，惟有饮者留其名"。泸州人都说李白是喝了泸州的白酒才写出了千古不朽的《将进酒》和《月下独酌》，说得有板有眼。我并不信这样的传说，李白诗中的酒，也许是泸州的酒，也许是别处的酒。

然而在纯阳洞漾动的云烟中，我分明看到一位晚唐诗人正飘然而来，在这里举杯歌吟，流连忘返。

　　韦庄的诗词中，咏酒的作品很多，有不少写得很有意思，他的饮酒诗，有借酒抒怀的，譬如五律《酒渴爱江清》："酒渴何方疗，江波一掬清。泻瓯如练色，漱齿作泉声。味带他山雪，光含白露精。只应千古后，长称伯伦情。"七绝《对酒》："何用岩栖隐姓名，一壶春酎可忘形。伯伦若有长生术，直到如今醉未醒。"七律《对雨独酌》："榴花新酿绿于苔，对雨闲倾满满杯。荷锸醉翁真达者，卧云逋客竟悠哉。能诗岂是经时策，爱酒原非命世才。门外绿萝连洞口，马嘶应是步兵来。"古人饮酒赋诗，释放的是心中的抑郁和惆怅，有些原本木讷内向、郁郁寡欢的人，几杯下肚，便泠然忘忧。韦庄写过《晚春》，由衷地赞美酒："花开疑乍富，花落似初贫。万物不如酒，四时唯爱春。峨峨秦氏髻，皎皎洛川神。风月应相笑，年年醉病身。"另一首七绝《中酒》，也是赞美酒之妙："南邻酒熟爱相招，蘸甲倾来绿满瓢。一醉不知三日事，任他童稚作渔樵。"韦庄在他的饮酒诗中也讴歌友情，写得很动人，如《离筵诉酒》："感君情重惜分离，送我殷勤酒满卮。不是不能判酩酊，却忧前路酒醒时。"他还写过另一首《菩萨蛮》，借酒传情，情真意挚："劝君今夜须沉醉，尊前莫话明朝事。珍重主人心，酒深情亦深。须愁春漏短，莫诉金杯满。遇酒且呵呵，人生能几何。"韦庄的这些诗，在唐诗中也许都算不上名篇，但是这位写过"泸川杯里春光好"的诗人，我以为他诗中的酒，也许和泸州的酒大有关联。韦庄是长安人，后来到四川做官，长年客居蜀地。他喝泸州的酒，并非后人虚构。韦庄的饮酒诗中也有乡愁，如《东阳酒家赠别》："天涯方叹异乡身，又向天涯别故人。明日五更孤店月，醉醒何处泪沾巾。"对于离乡游子，喝酒未必能解愁，酒醒之后，愁苦更甚。然而泸州的美酒，在更多的时候大概还是化解了韦庄的乡愁。

说到乡愁和酒，脑子里突然跳出一个现代作家的名字：台静农。在纯阳洞幽暗如梦幻的斑驳光影里，我的眼前仿佛出现台静农忧郁的目光。这目光，我曾在上海鲁迅纪念馆的一张照片上见过。台静农，是五四新文学运动中涌现的优秀作家，"未名社"的成员，是鲁迅的挚友，鲁迅在书信中称他为"静农兄、青兄、辰兄、伯简兄"。抗战胜利后，台静农从四川到台湾大学中文系任教，一直到上世纪九十年代去世，再也没有机会返回大陆。在鲁迅纪念馆中，有鲁迅先生和"未名社"成员的一张合影，照片上的台静农，是一个清瘦的年轻人，他以一种忧郁的目光注视前方，似乎想要找人倾诉，却欲言又止。

我听说台静农在台湾的故事，和泸州老窖有关。八十年代末，韩国作家许世旭访问中国，和我相识并成为好朋友。许世旭曾在台湾的大学读博士，能用中文写诗写散文，是很少几个能用汉语写诗的外国作家。许世旭爱喝酒，我陪他访问江南各地时，他每天酒瓶不离身。许世旭年轻时在台湾求学，曾是台静农的学生，他喜欢听台静农讲课。台先生平易近人，在学生面前没有一点架子。听台大的另外一位教授说，台静农喜欢喝酒，许世旭得知后非常高兴，他身边刚好有一瓶从香港买来的泸州老窖，他想把这瓶酒送给台先生。在中国大陆的名酒中，他独爱泸州老窖。一天，许世旭和那位教授一起去拜访台静农。到台静农家后，老先生非常热情，谈笑风生。谈到兴头上时，许世旭从包里拿出那瓶用纸裹着的泸州老窖。台静农见酒，笑着问："你带来什么酒？"许世旭答："泸州老窖。"台静农一愣，似乎不信。当时，还难得有大陆的酒到台湾。许世旭急了，连忙解释："是泸州老窖，大陆的名酒啊，我从香港带来的！"台静农伸手握住瓶颈，慢慢地往下摸，脸上的笑容消失了，目光呆呆地凝视着酒瓶，再也不说一句话，表情逐渐被怆然和凄楚笼罩。他默默坐在那里，仿佛已经忘记身边还有两个访客。许世旭和那位教授连忙起身告辞，台静农也不站起来送客，只是心不在焉地点一点头，脸上依旧是怆然和凄楚。出门后，那位教授对许世旭说："你那瓶泸州老窖，撩动台先生的思乡之情了。你相信嘛，假如我们现在返回去，台先生肯定已经打开瓶塞，在那里举杯独酌了。"

许世旭没有返回去看台静农，不过，老先生喝着泸州老窖思乡怀旧的情境却是可以想见的。当杯中那透明清澈的液体带着故土特有的醇香注入游子身心时，浓浓的乡愁也许会烟消云散。在醉人的浓香中，故乡的山川河流、风土人情、年轻时代的往事，还有那些死去的或者活着的老朋友的音容笑貌，大概都会朦朦胧胧地浮现在他的眼前。对一个背井离乡数十载的老人来说，还有什么景象会比此时的境界更美妙。酒醒之后怎么样呢？也许如韦庄诗中所描绘："明日五更孤店月，醉醒何处泪沾巾。"

台静农和许世旭，已经先后离开人世。在纯阳洞中漫步时，我想起了他们。生前，他们都爱喝泸州老窖，那一缕酒香，也许可以在冥冥之中让他们的诗魂会合。

走出纯阳洞，耀眼的天光扑面而来。回头看去，酒坛如一群满腹经纶的老友，正在幽暗中列队相送。这山洞，如幽邃的时光隧道，串通了梦幻和现实，也将过去和未来悄然连缀。

2011 年 8 月 17 日于四步斋

长江魂魄

秋风起时，大地上万物都开始悄然展示成熟的颜色。辽阔的长江出海口，绵延的滩涂湿地上，银色的芦花在秋光中摇曳，向人们展示大自然在天地间创造的奇迹。

这里的土地，都是从水里长出来的。

长江口这个名叫启东的地方，是江海交汇之地，也是中国版图上最年轻的土地。徜徉在启东的土地上，我的脑海里经常产生一些奇怪的联想，不管是经过那些宽广的大道，看姿态万千的新楼在地平线上起伏蜿蜒，或者是经过一望无际的田野，看稻浪翻滚，绿荫蔓延，白鹭和野鸭在河渠湖泊翩跹，我总是会暗暗自问：一百年前，一千年前，一万年前，这里是什么地方？

答案当然非常简单：这里曾经是汹涌的江海。从前，这里只有波涛起伏，雪浪翻卷，云烟中水天一色，迷蒙于浩瀚苍穹。

然后我又自问：那么，我脚下的土地，又是从何方移来？

答案还是简单：是万里长江的流沙沉积，形成了这片新的土地。

问题还会继续在我脑海里盘旋：那么，再往前推移千年万年，我脚下的这些泥沙，曾经在哪里停留过，它们曾经有过怎样的经历？……

这样的问题，就不是那么简单了。但是可以让我的想象之翼翩然起飞，自由驰骋于历史的天空。就像那些在江海滩涂上飞旋的野雁鹭鸟，回望索求着它们的来路和前程。

在启东的海岸上，我曾经和一座巨大的石碑不期而遇。石碑上刻着飞舞的大字："万里长江入海处"，这里正是江海的交汇之地。石碑的背后，刻着长江的地图，如一条蜿蜒腾挪的巨龙，由西而东，在石壁上游动。我谛视着石壁上的这条巨龙，谛视着镌刻在龙身两侧的地名，不禁神思飞扬，深沉的涛声从幽远处轰然而来。长江源自青藏高原的崇山峻岭，龙尾在世界屋脊轻轻一拍，昂然起飞，蜿蜒向东，奔瀑呼啸着寻找流向大海的通道，一路冲破山岭的拦隔，越过大漠的阻挡，一往无前，百折不回，依次流经青海、四川、西藏、云南、重庆、湖北、湖南、江西、安徽、江苏和上海，汇入东海太平洋。而长江的支流，犹如群龙追随，争先恐后汇入巨龙的怀抱，雅砻江、岷江、赤水、嘉陵江、沱江、乌江、湘江、沅江、清江、汉江、赣江、青弋江、黄浦江……这些江河，千姿百态，万涓汇集，把长江的流域扩展到更宽阔广袤的天地。长江，这条中华民族的母亲河，这条勇敢坚忍、生机勃发的巨龙，已将中华大地壮丽瑰美的风姿情韵汇聚于一身。

我在这块巨碑上找到了启东，在长江巨龙的龙头上，崇明岛是巨龙口中的一颗明珠，而启东恰如巨龙的上颚，上海是龙头的下颚。

站在这块巨碑前遐想时，那个关于启东沙土的来源和历史的问题，也豁然有了答案。

在我的故乡崇明岛，人们把启东人称为"沙上人"。"沙"，就是指这片由长江泥沙沉积而成的新土地，这片"沙"之土，不是无根的飘零之土，万里长江的屐痕，都刻在这片土地上，长江流域的广袤辽阔的山岭原野，都在这片土地上留下了踪迹，或是一粒沙，或是一撮土。形成这片土地的沙土，已经在中华大地上历经了亿万年。而"沙上人"，绝非无根之人。他们脚下的泥土，根基深厚，是大半个中国土地的凝合。这是何等神奇！

我在启东的大地上行走时，心里时常忽发奇想：我脚下的这一撮沙土，是来自唐古拉山，还是来自昆仑山？是来自天府之国的奇峰峻岭，还是来自神农架的深山老林？抑或是来自险峻的三峡、雄奇的赤壁、秀丽的采石矶、苍凉的金陵古都……在千千万万年前，我们的祖先会不会用这些沙土砌过房子，制作过壶罐？会不会用这些沙土种植过五谷杂粮，栽培过兰草花树？

有时，我的幻想更具体也更荒诞：我正在触摸的这些沙土，会不会被治水的大禹用来筑坝？会不会被策马疆场的魏武用来垒城？会不会被隐居山林的陶渊明种过菊花？这些沙土，曾被流水冲下山岭，又被风吹到空中，在它们循环游历的过程中，会不会落到云游天下的李白的肩头？会不会飘在颠沛流离的杜甫的脚边？会不会拂过把酒问天的苏东坡的须髯？……

荒诞的幻想，却不无可能。中华民族的所有的辉煌和暗淡，都积淀在这片土地中，无数历史人物的音容足迹，都融化在这片土地中。长江有多长，这片土地就有多长，长江沿岸的历史文化有多么丰富，这片土地就有多么丰富。这里凝聚着长江的魂魄。

启东的朋友告诉我，他们正在策划筹办长江文化博物馆。我想，这样的博物馆，办在启东，办在万里长江的入海口，办在这一片由长江沿岸千山万岭、莽原大漠的泥沙汇集而成的土地上，实在是实至名归的事情。

漫步在浸润着江海气息的秋风中，看芦花飞，闻稻谷香，听鸥鹭鸣，脚下的路正在天水交接的远方伸展。

2011年11月5日于四步斋

安徒生和美人鱼

清晨，海边没有人影，美人鱼雕像静静地坐在海边。

安徒生创造的美人鱼，是人类童话故事中最美丽动人的形象之一。哥本哈根海边的这座铜像，凝集着安徒生灵魂的寄托。她是美和爱的象征，也已成为丹麦的象征。前几年上海举办世博会，哥本哈根的美人鱼漂洋过海，去了一趟中国。丹麦馆中的美人鱼是上海世博会中最受人欢迎的风景。人们站在美人鱼身边拍照时，感觉就是在丹麦留影，也是和"安徒生童话"合影。

雕塑呈现的美人鱼，如果没有下身的鱼尾，其实就是生活中的一个可爱的小姑娘。她身体柔美的曲线，她凝视水面的娴静表情，和她背后浅蓝色的大海融合成一体。

这是全人类都熟悉的形象，安徒生创造的这个为爱情甘愿承受苦痛，甚至牺牲生命的美丽女子，感动了无数读者。在《安徒生童话》中，《海的女儿》是一篇深挚而凄美的作品，读得让人心酸，心痛。其实这也是一篇带有精神自传意味的作品。

在女人面前，安徒生自卑而羞怯。在几种安徒生的传记中，我都读到过他苦涩的初恋和失败的求爱。童年时，他曾经喜欢班上唯一的女生，一个叫莎拉的小姑娘，他把莎拉想象成美丽的公主，偷偷地观察她，用自己的幻想美化她，渴望着接近她。这个被安徒生想象成公主的小姑娘，也是贫苦人家的孩子，她的梦想是长大了当一个农场的女管事。当安徒生告诉莎拉，公主不应该当什么农场管事，他发誓长大了要把她接到自己的城堡里。听着安徒生的这些话，惊愕的小莎拉就像遇到了外星人，这样的初恋，结局是什么呢？安徒生几乎被周围的所有孩子讥讽，甚至遭到富家子弟的打骂。更让他伤心的是，他不仅没有获得莎拉的芳心，竟反而遭到莎拉的嘲笑，小姑娘认为安徒生是个想入非非的小疯子。

安徒生经历过爱情的失意，被拒绝或者被误解的经历，不止一次打击过他，伤害过他。在哥本哈根求学时，他曾经深爱过寄宿房东的女儿，但他始终不敢表白，只是默默地关注她，欣赏她，思念她。直到分开，都未曾透露心中的秘密，最后成为生命记忆中的美和痛。

少年时代，我曾经非常喜欢苏俄作家帕乌斯托夫斯基的

《金蔷薇》，其中有一篇安徒生的故事《夜行的驿车》，是这本书中最动人的篇章。在夜行驿车上，黑暗笼罩着车厢，平时羞涩谦卑的安徒生一反在白日阳光下的羞怯，一路滔滔不绝，和四个同车的女性对话。他以自己的灵动幽默的言语、深邃智慧的见解，还有诗人的浪漫，预言她们的爱情和未来的生活。女人们在黑暗中看不清安徒生的脸，但都被他的谈吐吸引，甚至爱上了他。故事中的一位美丽的贵妇，很明确地向安徒生表白了自己对他的欣赏和爱慕，而安徒生却拒绝了这从天而降的爱情，默默地退回到黑暗中，回到他没有女人陪伴的孤单生活。这种孤单将终身伴随他。《金蔷薇》中的故事情节，也许是帕乌斯托夫斯基的文学虚构，但这种虚构，是有安徒生的人生印迹作为依据的。

在《海的女儿》中，安徒生化身为小美人鱼，她深爱着王子，却只能默默地观望，无声地思念。为了追求爱，她宁肯牺牲性命。在那篇童话中，美人鱼的死亡和重生交织在一起，那是一个让人期待又叫人心碎的时刻。安徒生在他的童话中这样结尾："太阳从海里升起来了。阳光柔和地、温暖地照在冰冷的泡沫上，小人鱼并没有感到灭亡。她看到光明的太阳，同时在她上面飞舞着无数透明的、美丽的生物。透过它们，她可以看到船上的白帆和天空的彩云。它们的声音是和谐的音乐……"

人间的真情和美好，有时只能远观而难以接近，只能在心里默默地欣赏、品味、期待，也许永远也无法融入现实的生活。

安徒生逝世前不久，曾对一位年轻的作家说："我为我的童话付出了巨大的代价，我要说，是大得过分了的代价。为了这些童话，我断送了自己的幸福，我错过了时机，当时我应当让想象让位给现实，不管这想象多么有力，多么灿烂光辉。"安徒生的这段话，也出现在帕乌斯托夫斯基的《夜行的驿车》中，是否真实，无法断知。说安徒生是因写童话而错过了爱情，牺牲了自己原本可以得到的幸福，其实并不符合逻辑。安徒生成名后，倾慕他的人不计其数，作为一个成功的男人，他的机会非常多。如果恋爱，成家，生儿育女，未必会断送自己的写作才华。安徒生终身未娶，还是性格所致。

生活中没有恋爱，就在童话中创造迷人的精灵，赞美善良美丽的女性，所以才有了《海的女儿》，有了这永远静静地坐在海边的美人鱼。

美人鱼所在的海边，对面是一个工厂，美人鱼的头顶上，有三个大烟囱。在晴朗的蓝天下，三个大烟囱正冒着淡淡的白烟，就像有人站在美人鱼背后悠闲地抽着雪茄，仰对天空吞云吐雾。对这样一个美妙的雕塑而言，这三根烟囱是有点煞风景的陪衬和背景。也许，这也是一个暗喻，在这世界上，永远不会有无瑕和完美。

人参和天池

今年初夏，有机会访问吉林抚松，勾起少年时代的一些记忆。

少年时代，我就听说过东北有三宝：人参，貂皮，乌拉草。

这三宝，在少年时代距离我非常遥远。貂皮和乌拉草，只是两个陌生的名词，貂皮大衣和帽子，在南方也不多见，若有，也是贵妇人的行头，寻常看不见。而乌拉草，则不知长得何种模样。三宝中，比较熟悉的是人参，但那是贵重补品，在那个时代，人参和普通百姓的生活也没有多少关系。我倒是从一些文学作品中读到过关于人参的神奇传说，人参是有灵性的植物，在深山里发现野山参，就如同遭遇山间神灵，必须有虔敬之心，否则到手的山参也会不翼而飞。

　　我的一位小学同窗，也是我的邻居，小名桃子头，就住在我家楼下。"文革"时期中学毕业，我去故乡崇明岛插队落户，他去了遥远的吉林，就在长白山下插队落户。过年时，桃子头从吉林回来，我们同学聚会，桃子头总是会讲很多和长白山有关的故事。他讲的故事中，我印象最深的，是关于野山参的传说。桃子头说："野山参可神了，那是救命的宝贝，快死的人，喝一口野山参炖的汤，会活转来呢！"

　　"野山参长得像人一样，有头，有身体，还有手和脚。所以才叫人参嘛。采野山参，不能有一点点损伤，如果弄断了根须，就像人断了手脚，会变成残废。"桃子头对长白山人采野山参的习俗，了解得不少，他告诉我，如果在山里发现野山参，不能随意乱挖，要先烧香祭拜，再慢慢拨开泥土，一点一点地接近山参的根须，力求毫发无损。在那里，挖野山参不能叫"挖"，而要称作"抬"，这是对人参的尊敬。

　　我问桃子头："野山参长在什么地方？"

　　桃子头答道："长在深山老林里，是人走不到的地方。离天池不远。"

　　天池听起来像是神话故事中的地名。天池在什么地方？

　　桃子头告诉我：天池在长白山顶，是一个美得像仙境一样的地方。那是高山上的一面镜子，是蓝天下的一块水晶。那里有仙女出没，人参的精灵就在天池边上徘徊呢。

我无法想象天池的美，实在太遥远。我也无法想象人参的精灵是如何在那里徘徊的。人参是植物，是在泥土里生长的花草，它们从发芽到最后被采参人发现，一生都离不开泥土。而离开了泥土，它们就成为人类的宝贝，给人健康，甚至能延长人的生命。在我的想象中，野山参是神奇的、美丽的，也是神秘的。它们是大地的精灵。

桃子头去吉林插队的第二年，我母亲病了，咳血不止。看着躺在床上日渐消瘦的母亲，我们全家人都忧心如焚。那年冬天，桃子头回来了，他到我家来玩，并探望我母亲，带来一支野山参。他说这是他去长白山伐木时发现的，花了好大的力气才将这支山参从土中完整地挖出来。这是一支很细的野山参，主体比铅笔还要细一点，长不过两寸多，但连在一起的根须，却有尺把长。桃子头把这支山参捧在手掌中，叫我看山参主体上一圈圈又细又密的纹路，他说这是野山参的生命年轮，这样的纹路越多，说明野山参生长的时间越长。而人工种植的人参，看不到这样的纹路。

父亲将这支小小的野山参放在一个瓷盅里，注入一盅清水，再将瓷盅放到锅里，用文火隔水熬汤，熬了整整一夜。我至今仍记得那瓷盅打开时飘漾开的那股特殊的清香，瓷盅里的山参，变得粗了胖了白了，而瓷盅里的参汤，则是清澈的淡黄色。我们兄弟姐妹几个人都围着那盅参汤，恭恭敬敬、仔仔细细地欣赏了一番，看着母亲用小调羹一勺一勺将参汤喝下去。喝下大半盅参汤之后，加水再隔水蒸熬一夜，第二天继续喝，一连好几天，直到那瓷盅里的参汤淡如白开水，最后再将煮烂的人参吃下去。

母亲喝下参汤后，我们一家人既紧张又兴奋，期待着奇迹的发生。接下来的情景，真的如同奇迹，母亲苍白的面孔上，很快泛起红润的血色，咳血也停止了，说话声音也响了，原来衰弱无力的样子，竟然渐渐消失。没有几天，她就起床上班去了。

桃子头成了我家的恩人。而那支来自长白山下的细小的野山参，就像是那个暗淡年代中一个清亮的童话，给贫困而惨淡的生活带来了几丝欢乐和希望。

在我的记忆中，是野山参救了我母亲的命。也许山参的药效并非如我所想，但在年轻时代，我确实是对野山参充满了感激之情，母亲喝下参汤后脸上泛起的红润，我永远也不会忘记。

四十多年之后，我才有了接近长白山的机会。到抚松后，第一个愿望，是想先去看看天池。

到抚松的第二天，我起了个大早，出门只见艳阳高照，天空一片晴朗。当地一位年轻的朋友开车带我上山。出城后，年轻的朋友一边开车，一边告诉我："长白山上气候多变，天池很多时候都被云雾笼罩，到山顶，也许什么都看不清呢。"我看着车窗外闪动的阳光，有点不以为然。这么好的天气，怎么会看不见山上的湖！

山路渐渐升高，绵延起伏的群山迎面而来。路两边，是幽深的松林，我发现，林中竟然还能看到一摊摊积雪。听到我为林中的积雪惊叹，开车的朋友笑道："山上，冰天雪地呢。"我想，松林的积雪下面会不会藏匿着神秘的野山参呢？

车近山顶，依然阳光耀眼。周围真的已是一片冰天雪地。长白山主峰在蔚蓝的天幕下银光闪耀，峻拔而威严，犹如神迹。

要去看天池，还要攀登，要通过一段汽车无法行驶的雪坡。我戴上墨镜，坐上机动雪橇，迎着耀眼的阳光和凛冽的寒风，一路呼啸着向山顶冲去。

长白山的神奇，在瞬时间向我展现。在接近山顶的时候，周围突然狂风大作，漫天飞雪突如其来，雪雾从四面八方升腾而起，天空变得一片灰暗，能见度只有一两米，机动雪橇再也无法继续往前。

雪橇在风雪中停下来，周围寒风呼啸，雪雾弥漫，天地一片混沌。驾驶雪橇的长白山景点工作人员大声对我说："我们下山吧，再往上，危险，即使能到山顶，也是啥也看不见。"

雪橇离开风雪地带，顺原路下山。到山腰时，天又变得晴朗了，蓝天白云，阳光耀眼。回头看山顶，只见云雾缭绕，无法想象几分钟前那里还是一片铺天盖地的风雪。

下山的路上，经过一个接待旅游者的大厅，里面有一个长白山风景摄影展。摄影家捕捉了长白山一年四季的奇妙景色，展现给人们一个神奇多彩的世界。我看到了天池的照片，有夏日被鲜花簇拥的蓝色碧波，也有冬天被冰雪覆盖的肃穆景象。旭日在波光中闪烁，晚霞在湖水里燃烧，云雾轻盈地飘过水面，水和天，如此和谐地在这里交融。这些摄影作品，在我的面前掀开了天池的神秘面纱。尽管无法亲眼看到天池的真容，但是经过那一番风雪和阳光交织的登山之路，我觉得天池已在我的心里。

下山之后，我参加了抚松的山神老把头节。这是当地一个古老的传统节日，这一天，抚松人怀着崇敬和感恩的心情，出门祭拜一位为采参人探路献身的先辈。"老把头"是明末清初的山东莱阳人孙良，传说他为了给母亲治病，不远千里到长白山下采集野山参，在深山老林中历尽艰辛，寻找到一条采参之道。孙良最后死在深山中，但他却为后来者开辟了一条道路，他的不辞万难的精神，也成为后人的榜样。抚松人一直忘不了孙良，数百年来，"老把头"已经成为抚松人心目中的山神。

我随着参加祭拜的抚松人登山去山神庙，山不高，和冰雪笼罩的长白山相比，只能算一座小丘。孙良来寻找山参时，山上没有道路，只有原始森林，孙良也无法借助任何交通工具，只能徒步攀登，千里长白山，到处留下他探寻跋涉的脚印。我在长白山上只停留了半天，就经历了阴晴风雪，大自然的多变和严酷表现得如此强烈。"老把头"孙良在长白山寻找野山参，其遭遇是何等的艰辛和危难，生和死，悬于一线之间。当年，孙良一定登临过长白山顶，一睹天池的奇妙容颜。天池的美貌和清波，也许抚慰过他疲惫的身心。长白山、天池、山参，在他的生命中，应该是融为一体的吧。

离开抚松时，当地的朋友送我一支野山参。野山参装在锦盒之中，如一个举手投足间做出优美造型的舞者。那些细长的根须，如舞者身上的飘带，正随舞姿飘动。

这支野山参，回去后我要送给一个朋友。这朋友不是别人，就是我的小学同学桃子头。他已经回上海多年，前年，他突然中风，已在床上瘫痪了一年多。我想，这支来自长白山，来自天池侧畔的野山参，会不会为他带来一点奇迹呢？

2013 年 8 月 6 日于四步斋

酒乡遇"饮中八仙"

　　早晨醒来，窗外的绿荫中传来不知名的燕雀鸣唱。只见窗帘飘动，仿佛是有飞鸟刚从窗户飞出，空气中似乎还有羽翼拍动的声息。抑或是仙踪飘忽，将我从梦中唤醒。

　　昨夜喝过酒，唇边还有美酒的余香。哦，此刻，身在京杭大运河畔，在鲁西北大平原上的酒乡古贝春。酒能醉人，也能让时空流转，让人的思绪飞扬回旋，抵达意想不到的所在。

　　在曙色中散步，微风中弥漫着酒的幽香。一条诗酒大道，将古往今来的咏酒诗篇镌刻在路中的石匾之上，让人惊叹古人的酒兴和诗情。路畔有酒仙山，山上有亭台楼阁，山下有看不见的地下酒窖。还有竹影婆娑的园林，园林里仙踪飘忽，是今人的雕塑，请来了传说中的酒仙。看到了"竹林七贤","八仙过海",居然还有杜甫诗中的"饮中八仙"。

杜甫的《饮中八仙歌》,是我熟悉的诗篇,没有想到在这里见到了杜甫诗中讴歌的人物。八尊雕塑,以不同的姿态坐落在园林中,或站,或坐,或卧,一杯在握,向天而歌,一个个都是豪放不羁的模样。

在古代,诗和酒似乎密不可分,和酒有关的诗篇不计其数。杜甫在世人的印象中不如李白那么潇洒浪漫,也不像李白那样爱喝酒,但他也在诗中写酒。他的《饮中八仙歌》,描绘了他所钦敬的八位古时文豪的醉态,成为唐诗中和酒有关的名篇:

知章骑马似乘船,眼花落井水底眠。

汝阳三斗始朝天,道逢曲车口流涎,恨不移封向酒泉。

左相日兴费万钱,饮如长鲸吸百川,衔杯乐圣称世贤。

宗之潇洒美少年,举觞白眼望青天,皎如玉树临风前。

苏晋长斋绣佛前,醉中往往爱逃禅。

李白一斗诗百篇,长安市上酒家眠。

天子呼来不上船,自称臣是酒中仙。

张旭三杯草圣传,脱帽露顶王公前,挥毫落纸如云烟。

焦遂五斗方卓然，高谈雄辨惊四筵。

诗中首先写到贺知章，虽只用了两句，却活画出诗人的醉态。酒后骑马，如在云雾中起伏飘荡，"骑马似乘船"，是很有想象力的比喻。贺知章醉眼昏花跌落井底，在水中睡去，这是传说，现实中不太可能，如果从马上落井，必定即刻被人救起，而且一定狼狈不堪。不过这样的细节出现在诗中，则无不可。杜甫是用一种欣赏的姿态写酒醉落井的贺知章的。此诗中第二位酒仙，是唐玄宗李隆基的侄儿，汝阳王李琎，这位皇侄，无视富贵，不恋权位，和当时的很多文人雅士结为知交，经常一起击鼓饮酒，此公路见曲车就满口流涎，可见其率真性情。接下来一位，是天宝元年左丞相李适之，此人被奸相李林甫排挤迫害而死。李适之罢相后，曾作诗曰："避贤初罢相，乐圣且衔杯。""日费万钱"，豪饮如长鲸吸川，以泄心中不平。这也是杜甫欣赏的人，诗中有赞赏，也有哀叹。第四位崔宗之，现代人不熟悉他，杜甫只用三句诗便生动勾画出一个正直而潇洒的人物形象：举杯向天，白眼阅世，玉树临风。第五位苏晋，是当时的一个才子，能著妙文，也长斋拜佛，但此公却常常破戒饮酒，我行我素，不为佛法所囿。其逃禅偷饮，显露出真诚可爱的性格。

第六位酒仙便是李白，写李白的四句，可谓脍炙人口，千百年来被人们视为太白的文字画像。杜甫诗中，对李白的酒事如数家珍。李白诗文名动京城，唐玄宗曾封他为翰林，是一个闲职。心气高傲的李白为之郁闷，常常独自到长安的酒肆中饮酒解闷，很多佳作是在酒后一挥而就的。据说唐玄宗和杨贵妃有一天在观赏牡丹时，突然想到让李白来为牡丹作诗。太监高力士找到李白时，他正在街头酒肆喝得酩酊大醉，已经无法上船入宫。高力士不由分说，扶着李白来到宫中。唐玄宗见李白带醉来见，颇不悦，认为他醉成这样，不可能写诗。李白却自称酒中仙，能酒后作诗。唐玄宗以为李白是说醉话，但还是让高力士给李白斟了酒。李白连饮三杯之后，不假思索，写出三首《清平调》，成为千古绝唱：

其一

云想衣裳花想容，春风拂槛露华浓。
若非群玉山头见，会向瑶台月下逢。

其二

一枝红艳露凝香，云雨巫山枉断肠。
借问汉宫谁得似，可怜飞燕倚新妆。

其三

名花倾国两相欢，长得君王带笑看。

解释春风无限恨，沉香亭北倚阑干。

醉后之作，竟然成为不朽诗篇，在人类的文学史中大概也是绝无仅有。这是诗仙李白创造的奇迹。

《饮中八仙歌》中写到的第七位酒仙，是草书大师张旭，张旭带醉书写狂草，在史书中有记载："吴郡张旭善草书，好酒。每醉后，号呼狂走，索笔挥洒，变化无穷，若有神助。"杜甫在诗中展现了张旭酒后挥笔的景象。最后一位焦遂，今人也陌生。传说焦遂口吃，平时结巴得说不成一句话，醉后却高谈阔论，妙语如珠，使闻者叹服。

杜甫写《饮中八仙歌》，其实并非赞酒，而是叹才。才人志士，醉态可掬，身醉而心神不醉，醉翁之意不在酒也。

我站在古贝春的花园中，凝视着杜甫诗中的"饮中八仙"，心里回旋着那些醉人的诗句。贺知章，李琎，李适之，崔宗之，苏晋，李白，张旭，焦遂，一个个从我面前飘然而过……

2013 年深秋于四步斋

上海的春夏秋冬

春：鸟儿从哪里飞来

一个住在市区的朋友欣喜地告诉我，他家的阳台上，飞来了燕子。两只燕子天天在他家的阳台上飞进飞出，从窗外的树林里衔来了泥和草，在阳台顶部的墙壁上垒起了一个小小的窝。朋友小心翼翼地观察着燕子，唯恐惊扰了它们。在春天的暖风中，人和燕子相安无事，燕子在朋友的眼皮底下过起了它们的小日子。燕子在小巢里生蛋，孵出了小燕子。燕子父母早出晚归，为儿女觅食，小燕子在阳台下的巢穴里一天一天长大，最后跟着它们的父母飞出小巢，消失在城市的天空中。

161

朋友的欣喜，也感染了我。燕子在市中心的阳台上筑巢生活，以前难以想象。上海这座城市，过去在人们的印象中，是冷冰冰的水泥森林，是人声嘈杂、机器喧嚣的地方，天空中有飘扬的烟尘，除了麻雀，难得看见飞鸟的翅膀。现在，情景已经大不相同。当冬天告退，春天的绿意在大地和树枝上闪动时，鸟儿们从四面八方飞来了。麻雀们依然在一切它们可以飞抵的地方嬉闹，但它们已经不会再感觉孤单。在这座城市里，可以看到无数种飞鸟的行迹，可以听到它们音调不同的鸣唱。

我书房的窗外有两棵樟树，那里就是鸟儿们春天的舞台。在闪烁的绿荫中，我看到了各种各样的飞鸟。白头翁，斑鸠，乌鸫、喜鹊、鹧鸪，还有很多我无法叫出名字的美丽的小鸟，它们的彩色羽翼，犹如开在绿荫中的花朵。它们有时匆匆飞过，在枝头停一下，又匆匆飞走，有时成双成对地飞来，躲在摇曳的枝叶间缠绵。它们的鸣唱，在春风里飘漾，是天地间美妙的音乐。我常常感到奇怪，这些自由的飞鸟，曾是城市的稀客，现在，它们是从哪里飞来？

我看着鸟儿们从我窗前的树荫中飞起来，看它们振动翅膀，优雅地飞向远方。远方，千姿百态的高楼参差林立，确实像是水泥的森林。这样的森林，当然不是鸟儿们的归宿，但它们竟然在这座城市中找到了自己的栖息之地。

夏：寻找清凉的风

很多人在感叹：夏天越来越热。

走在街上，看阳光透过树荫洒在地上的斑斓金光，希望能有几丝微风吹过，送来一点清凉。洒水车无声地开过，把凉水洒在发烫的路面上，只见水汽蒸腾。年轻人缤纷的穿着如彩色的浮萍，在热流中飘动。他们轻盈的脚步扬起微风，似乎是在炎热中寻求清凉。他们手中的可乐、雪碧和冰淇淋，引起我对昔日棒冰和酸梅汤的回忆。可这些甜腻的冷饮无法驱逐人们心头的燥热。

年轻人手中拿着的东西，最多的不是冷饮，而是手机。几乎是人手一部，边走边说，边走边看。一部手机里，似乎隐藏着他们所有的生活、所有的喜怒哀乐、所有的好奇和希冀。然而手机绝不是防暑降温的用品，我听到那些对着手机大声喊叫的声音，感觉热风扑面。

离开地面，走到地下。上海人出行已离不开地铁。地铁在地下开得平静安稳，车厢里有空调，人虽多，但很清凉。有些情景，地上地下是一样的，很多人手里握着手机，说话，发短信，看微信，甚至还在手机上看电影。一个中学生模样的女孩，却拿着一本书，站在车厢里，静静地阅读，沉浸在书为她展示的世界里。我站在这个女孩身边，感觉到一股清风吹来。

其实,这个女孩并不是孤单的。在夏天,我曾经参加过这个城市举办的各种各样的读书活动。在图书馆,在学校,在居民社区,人们为书而集聚,为书而陶醉,读书在人群中蔚然成风,爱书的人,有孩童少年,有年轻人,也有老人。在每年一度的上海书展上,无数新书在等候着爱读书的上海人。在这里,可以遇见兴致勃勃的读者,也会遇到来自全国乃至世界各地的作家。

一个孩子在他的读书感想中这样说:读好书,就像是迎来一股清凉的风,吹进了我心,驱逐了我心里的烦躁……

孩子的话,在我心里引起共鸣。我们这个城市,风中有书香的气息,这让我欣慰。这样的风,不正是夏日里清凉的风吗?

秋:银色的激情

自然界的一年四季中,色彩最丰富的其实是秋天。秋天是成熟的季节,也是生命更新换代的季节,春夏的绿色,在秋风中千变万化,呈现出无数奇妙的颜色。在上海,也可以欣赏到大自然的秋景,只要有树,有绿地,有花草繁衍的地方,秋光便在那里烂漫。秋风起时,飘旋在风中的落叶,就像翩跹的蝴蝶,在城市的每一个角落飞舞。

空气中也有秋天的气息。那是优雅的清香，是桂花的香味。在我的记忆中，从前的上海，只有去桂林公园，才能闻到桂花的香味。而现在，桂花的清香飘漾在我们这个城市的每一个角落。我不知道，这么多的桂树，是什么时候种的，种在什么地方。

如果人生也有四季，人生的秋季是什么颜色呢？有人说应该是银色，在城市里，到处可以看到银发的人群。不要以为这银色是凄凉的晚景，是寂寞和孤独，我发现，在这座城市里，进入秋季的人群，依然生机勃勃，对生活充满了激情。

早晨去公园，遇到的大多是银发老人。他们在唱歌，跳舞，打太极拳，朝霞把他们的银发染成一片耀眼的金红。他们中的很多人，在年轻时代也没有这样激情洋溢过，到了银发时代，竟然都如苏东坡所唱："聊发少年狂。"我注意过老人们的表情，他们开朗乐观，目光明亮，他们用歌声，用优雅奔放的肢体语言，诉说着对生命的热爱。有一次，我被邀请去图书馆参加老年大学的诗歌朗诵会，朗诵者都是退休的老人，他们声情并茂地朗诵诗歌，朗诵散文，文学成为他们晚年的美妙伴侣。

这个城市里，老年人已是人群的主体，如果老人在这里没有快乐的心情和幸福的生活，这个城市不会是一个可爱的城市。让人欣慰的是，秋光中，到处可以看到老人们年轻的身影，听到他们发自内心的歌声和笑声。这使我想起刘禹锡的《秋词》："自古逢秋悲寂寥，我言秋日胜春朝。晴空一鹤排云上，便引诗情到碧霄。"

冬：在天上俯瞰人间

在一个冬天的夜晚，我从国外归来。飞机的终点是浦东机场，空中的最后一程，飞越了繁华的市区。从空中俯瞰我生活的这个城市，如同梦幻世界。

飞机在下降，我的额头贴着舷窗，视野中明晃晃一片。迎面而来的，是无边无际的灯光，墨色的夜空被地面的灯光映照得通红透亮。天幕之下，灯的江河在流淌，灯的湖泊在荡漾，灯的汪洋大海在起伏汹涌，地平线上，灯的丘陵逶迤，灯的峰峦相叠，灯的崇山峻岭绵延不绝。变幻无穷的灯光，用无数直线和曲线，用斑驳陆离的色块，勾勒出无数幅印象派的巨画……

从清寂的空中俯瞰人间的缤纷繁华，反差是何等强烈。灯光使我目眩，使我异想天开。这五光十色的灯光中，有钻石的璀璨、翡翠的文雅，有水晶的剔透、珍珠的皎洁，有琉璃的晶莹、玛瑙的温润……仿佛全世界的珍宝此刻都聚集在这里，汇合成一个童话的世界、一个给人无穷遐想的天地。

灯光是什么？是人烟，是人的智慧和财富的结晶，是人的憧憬和向往的反射，是梦想和现实之间的美妙桥梁。灯光可以让人展开想象的翅膀，飞翔于理想和梦幻之间，灯光中发生的无数故事，也许正是把梦想变成现实的故事。而这些故事的主人，是今天的上海人。灯光中，大自然的四季失去了界线，即便在寒冷的冬天，也能在这一片辉煌璀璨中感受春的温情、夏的热烈、秋的清朗。

很多年前，我也有过夜晚飞抵上海的经历，在我的印象中，这是一个暗淡的城市，寥落的灯光使我沮丧，使我感受到我们和世界的距离。我眼前的灯海，大概可以和世界上任何一个大都市媲美。我走下飞机，乘车进入市区，灯光由远而近，从空中俯瞰时的那种神秘消失了，取而代之的是满目琳琅的耀眼，是实实在在的辉煌。

在亮如白昼的灯光中，我忽发奇想：如果我是两百年前的一个渔人，每天夜晚，将一叶小舟停泊在荒凉的黄浦江畔，与我相伴的，是无边的黑暗，还有无尽的江涛。月黑之夜，手提一盏小小风灯，独坐在船头凝望夜色，但见天地如墨，火苗在风中摇曳，灯光照不出两三尺远，江滩芦苇将巨大的阴影投在我四周。这样的黑夜，只能蒙头睡觉。一觉醒来，两百年倏忽过去，出现在眼前的，正是我此刻见到的灯山灯海，这时，我这个两百年前的渔夫该如何惊诧？这将夜晚变成了白天的灯光，我连做梦也没有见过，面对这样的灯

167

光，我大概只能断定，这是梦游，是梦中踏进了天堂。

人生如梦。能把梦境变成现实的人生，应是美妙的人生。在渐入佳境的灯光中，我想。

金山的高度

金山有山，大金山、小金山、浮山，三座山，其实也是三个小岛，坐落在离海岸不远的东海中。晴天时，海上三山如浮在瀚海中的驼峰，也如在波涛间出没的远帆。大金山，虽然海拔才一百米出头，却是上海自然地理中的制高点。

上海人说起金山，一般不会想起海上三山，留在当代人记忆中印象深刻的，是金山的石化总厂。金山的文化和历史典故，也许很多人说不出所以然，至多想到曾经名扬四海的金山农民画。如果追溯一下金山的文脉，在江南其实也曾占据过制高点。多年前去金山张堰镇，听说这里是汉代重臣张良居留之地，也是近代诗歌重要社团南社的一个据点，当年柳亚子和金山诗人高吹万等人经常在这里聚会。在张堰，没有看到南社诗人聚会的老房子，却走进了一个古松蓊郁的小公园。百年古松如同一群身材挺拔的巨人，挽臂搭肩，随意站立在公园里，构筑成古意盎然的风景。林荫间松风拂面，曲折的幽径中，依稀飘来悠远的笛声，笛声飘忽回旋，其中似有奇异的金属之音。这笛声，使我想起一个和金山有着千丝万缕关系的古代诗人，此人是元代文豪杨维桢。

杨维桢老家在浙江诸暨，但他在金山度过了生命中最后的十二年。杨维桢年轻时曾涉足仕途，但他为人刚直，不会奉承拍马，一个七品小官当得灰头土脸，纵有满腹经纶，却处处碰壁。后来因冒犯丞相，丢了官职，隐居到了胥浦，也就是现在的金山。说是隐居，其实那时他早已以诗文书画名满天下，成为元末众望所归的文坛领袖。杨维桢到金山后，全国各地的文人雅士都慕名来拜访他，一起吟诗赋曲，舞文弄墨，切磋艺文。金山一时成为文人雅集之地。杨维桢的诗文追求古风，风格奇诡，"上追楚骚汉赋，下步太白李贺，隐然有旷世金石声"，被称为"铁崖体"。他的书法古朴刚劲，自成一体。赵孟頫和杨维桢，一个在元初，一个在元末，两人在元代书坛双峰并峙。杨维桢精通音律，是昆曲的创始人之一。他自号"铁笛道人"，据说曾在这里用春秋"莫邪"残剑熔成铁笛，吹奏的曲子出神入化，成为金山的雅韵奇响。

杨维桢因文风奇崛，曾被人戏称为"文妖"。我读过杨维桢的诗，他喜欢七古歌行，多为咏史、拟史之作，用词古涩生僻，思路神出鬼没。然而在金山的田园生活，也让他写出不少富有生活气息的诗，现在读来还有亲切感。如《漫兴》："今朝天气清明好，江上乱花无数开。野老殷勤送花至，一双蝴蝶趁人来。"《采莲曲》："东湖采莲叶，西湖采莲花。一花与一叶，持寄阿侯家。同生愿同死，死葬清冷洼。下作锁子藕，上作双头花。"《舟过黄店》："水会鱼盐市，霜清蟹稻天。高桥十字港，新刹四边田。树老乌银荚，花开白玉颜。老翁夸乐岁，斗米直三钱。"

杨维祯经常一个人坐在他的草堂中，沉醉于天籁，回溯历史，也思念故乡。在一个雨声淅沥的春夜，他曾写七律《夜坐》抒怀："雨过虚亭生夜凉，朦胧素月照芳塘。萤穿湿竹流星暗，鱼动轻荷坠露香。起舞刘琨肝胆在，惊秋潘岳鬓毛苍。候虫先报砧声近，不待莼鲈忆故乡。"这些诗句，完全可以媲美唐宋诗人的佳作。杨维祯和文坛名家的交往，从他的诗中可感受当时气象，譬如写给大画家王蒙的诗："一夜西郊春草生，草堂吹笛夜挑灯。塞雁北飞千里雪，吴波绿泮五湖冰。杜陵诗句花无赖，张绪风流柳不胜。莫遣检书并看剑，自将鹅帖写溪藤。"我没有读过杨维祯的传记，但读他的诗，可以想象他在金山的生存状态和精神世界，在金山的十二年，是他一生中最多姿多彩的岁月。

画家程十发先生也是金山人，我和他曾有过不少交往。有一次说起杨维祯，十发先生很感慨地说："杨维祯一生中最好的诗，都是写在金山，他就是金山的高度。"

访问荷花

　　上海松江西南的新浜镇，是江南的荷花之乡，有千亩荷塘。对喜欢荷花的上海人来说，这真是一个喜讯。

　　我喜欢荷花。荷是一种神奇的植物，天地间生灵的精致和美妙，在它们身上得到最生动的体现。童年时，是在古代诗词和中国画中开始认识荷花，最早背诵的关于荷花的诗，是杨万里的《晓出净慈寺送林子方》："毕竟西湖六月中，风光不与四时同。接天莲叶无穷碧，映日荷花别样红。"这也许是中国人最熟知的关于荷花的诗。在儿时的幻想中，荷花接天映日，浩荡如海，很有气势。那时，经常吃莲心和藕粉，吃用荷叶包扎的肉，虽没有机会观荷，却对荷有了亲切感。后来读到晋人的乐府："青荷盖绿水，芙蓉披红鲜。下有并根藕，上有并头莲。"这些诗句通俗如民谣，把荷的形态和特征描绘得形象生动。再后来熟读周敦颐的《爱莲说》，记住了那些歌颂莲荷的名句："出淤泥而不染，濯清涟而不妖，中通外直，不蔓不枝，香远益清，亭亭净植，可远观而不可亵玩焉。"被人格化的荷花，是清雅高洁的形象。这样清高的花，蓬蓬勃勃一大片，该是何等让人神往的景象。

　　然而真的在现实生活中见到荷花，却发现它只是小池塘中的一小片，甚至是水缸中的寥寥几枝。在我的记忆中，关于荷花的直观印象，都不是在上海，而是在杭州，在无锡，在吴江，在江南的很多地方。在上海，难得看到荷花。

　　听说松江新浜有千亩荷塘，开始我不相信。一千多亩荷塘，意味着什么？那就是古诗中"接天莲叶无穷碧"的景象了。上海真有如此规模的荷花之乡吗？去新浜之前，我先从网上搜索了新浜的信息，面对着满屏幕的荷花照片，我惭愧自己的孤陋寡闻。新浜大规模种荷花，不是新近的习俗，而是由来已久，有一千五百多年历史。此地是江南水乡，河浜密布，处处湖塘，因地形似荷叶，又满目莲荷，古时被人称为"荷叶地"。元朝时，这里因种植荷花远近闻名，被人称为"芙蓉镇"。而这个古时的"荷叶地"和"芙蓉镇"，现在成了国际大都市上海的荷花之乡。上海年年在这里办"荷花节"，曾经稀罕的荷花，和上海人的生活有了密切的关联。

　　访问新浜，也就是访问荷花。车开进新浜地界，迎接我的，便是满眼的荷花。还没有踏进花园，路边的荷花就给了我莫大的惊喜。公路边上，就是一望无际的荷塘。硕大的荷叶犹如绿伞绿扇绿斗笠，在树荫下摇曳，荷叶上滚动的露水，晶莹如珍珠。那清新的翠绿，从路边一直延伸到天边。这样的景象，不仅仅让人想起杨万里的"接天莲叶无穷碧"，也想起周邦彦的词："叶上初阳干宿雨，水面清圆，一一风荷举。"荷塘里荷花正盛开，鲜艳的红荷，淡雅的白荷，竞相绽放在绿叶丛中。那些盛开着的或者正要绽放的荷花，千姿百态，没有一朵长得一样，有的花朵繁复，有的叶瓣寥寥，却都是风姿绰约。那些大大小小的莲蓬，藏匿在荷叶间，就像是无数精致的青绿瓷雕，被荷叶托举着，随风摆动。而那些未开的花苞，犹如俊俏的少女，亭亭玉立地站在花荷之间，一颗颗粉色的脑袋，从荷叶下面探出来，略含羞色地睨视着周围铺天盖地的绿色……

新浜的荷花，不是被关在花园里，锁在篱笆内，养在水缸中，而是自由烂漫地生长在田头路边，是人人可触摸的风景。这里有大片的荷塘坦呈在田野里，也有小片的荷池，坐落在农宅的院落边。我羡慕这些临荷而居的农家，日常生活中有莲荷相伴，日子再清苦，也是有品味的。

新浜有荷花种苗基地，那里有大片的荷塘，有种荷、养荷的园艺专家。在荷花种苗基地参观时，那里的工作人员告诉我，在这个荷花基地中，荷花品种多达六百余种，睡莲的品种也有六十多种。天下的莲荷，都荟集在这里了。造物主神奇，荷塘中的荷花，姿态和色彩，千花千面，无一雷同，荷叶、荷花、莲蓬，各有道不尽的美妙，没有一片相同的荷叶，没有一朵相同的荷花。而那些孕育着莲子的莲蓬，更是将生命的魅力和秘密都蕴藏在身体中，让人感叹大自然的神奇。

莲荷，也许大多数人都看重它们的花，这里的荷花品种多不胜数，红鹤、红鹃、白玉、白云、黄鹂、黄莺、紫烟、紫瑞、红玲珑、红千叶、白天鹅、白海莲、玉绣球、一捧雪、醉梨花、霜晨月、露半唇、童羞面、黄舞妃、黄仙子、红颜滴翠、红晕蝶影、仙鹤卧雪、烛影摇红、烟笼夜月、昭君顾影……光听听这些名字，就让人心驰神往。我无法将这些花名在荷塘中一一辨识，在我看来，这里的荷花，无论大小，无论红白黄紫，不管是珍稀名卉还是寻常品种，都是一样的清纯曼妙。

荷花一身是宝。水下的块茎是藕，是营养丰富的美食。荷花结果生籽，莲子是中国特有的珍贵补品，也是药物。荷叶可制作茶叶，也可包裹米和肉做成佳肴。荷花种苗基地的园艺师告诉我，荷花分为三类，有藕荷、籽荷、花荷，种藕荷为产藕，栽籽荷为采莲子，植养花荷是为观赏荷花。在我看来，荷花都是美的，不管是观赏还是食用的荷花，它们的形态都是大自然的美妙创造，没有一片荷叶不灵动，没有一朵荷花不姣美，没有一个莲蓬不清新，没有一颗莲子不包孕着生命的美丽和神奇的秘密。

荷花是夏天的植物，但它一年四季都留给人美好的念想。春天看它们的稚嫩清秀；夏天沉醉于它们的花繁叶茂，体会荷花的"出淤泥而不染"；秋天花谢叶枯，诗人也可以面对着荷花的残枝败叶，吟出"秋阴不散霜飞晚，留得枯荷听雨声"这样奇美的诗句；冬天的荷塘，自然是一片萧瑟，但是泥土下蕴藏着生机，只要春风吹来，青翠的荷叶就会钻出水面，"小荷才露尖尖角，早有蜻蜓立上头"。荷花池里的四季风貌，是大自然的绝妙佳作。

荷花长在新浜的田野里，花开花落，陪伴着新浜人的生活。新浜人是有艳福的，种荷花，养荷花，赏荷花，在荷花的生长过程中可以欣赏生命的美，也可以品悟自然的哲理。所谓"步步生莲"，在新浜成为现实。古人说"莲花藏世界"，莲花里藏着一个什么样的世界？在新浜的荷花种苗基地，我曾经惊异于一朵初绽的荷花，我发现，花苞中，花瓣密密匝匝，多得无法胜数。我问园艺师，这是什么荷花？园艺师回答：千瓣莲。我又问：这朵花有多少花瓣？园艺师又答：两千多瓣。

小小的一朵荷花，竟包孕着两千片花瓣，这难道不是生命的奇迹！

2017 年 10 月 7 日于四步斋

面朝大海的神奇之土

大丰，在我的记忆中，是一个既熟悉又生疏的地名。说熟悉，是因为尽管此前从未去过那里，但我很早就听说过大丰。和这个地名联系在一起的，是海丰农场，是很多上海知青的青春岁月，其中有我的一些朋友。说陌生，是因为对大丰了解不多，在我的想象中，大丰就是一片海边的滩涂，辽阔，荒凉，芦苇蒿草在风中摇曳，野鸭飞鸿在盐田徘徊……

老友朱永新是大丰人，他常常向我念叨自己的故乡。他多次对我说："你也许不知道，我的家乡很美。"到了大丰，才知道自己实在是孤陋寡闻。短短两天的见闻，完全颠覆了我想象中的大丰印象。

进入大丰，扑面而来的，是一片清新的绿色。一望无际的原野上，到处是花树，是园圃，是蓬勃生长的万类生灵。

大自然在这里展现了它斑斓多姿的美色。

梅花湾，那是一个占地数千亩的园林，虽然早已过了梅花盛开的季节，但是在那一大片绿海般的梅林中，可以想象初春时节，这里曾经有过何等惊艳的花事，无数品种不同的梅花竞相绽放，犹如云霞飘落在地，使这里的春天有了最丰繁的姿色。梅花湾是新建不久的园林，但在这里，却处处可以感受到古意。在蜿蜒的河道中泛舟，只见两岸绿荫绵延起伏，梅树丛中不时闪过黑瓦粉墙的建筑，像蛰伏在林中的一群古代隐士。在路边，会遇见有千年树龄的宋梅，今日的梅花和宋代的梅花重生在一棵历经沧桑的老树上，花影叠合，暗香浮动，给人奇幻的想象。走进梅林中的院落，可以坐在雕梁画栋的优雅厅堂里，一边品茗，一边听穿旗袍的女子在一张古琴上弹出《梅花三弄》……

在梅花湾没有看到梅花盛开的景象，有点怅然。大丰的朋友笑着告诉我，不要感到遗憾，马上会有补偿。离开梅花湾，又去了一个以花命名的地方：荷兰花海。

那里是一个真正的花海！

进入荷兰花海，眼中只看见鲜花，鲜花搭成的门，鲜花铺成的路，鲜花构成的园林，可以买到无数鲜花品种的巨大花店……起伏的原野上，不同颜色的花卉浩浩荡荡地伸展着，排列成整齐的花带，像是从天上飘落下一幅巨大的彩色条纹锦缎，铺陈在大地上，映衬着丽日蓝天。在让人眼花缭乱的花海中，我发现了玫瑰、月季、百合、杜鹃、绣球、海棠、薰衣草、矢车菊、桃金娘、仙客来、虞美人，还有很多我无法叫出名字的鲜花。天下的名花异卉，仿佛都集合在这里了。荷兰花海，似乎是一个外国名字。这里也确实有异国情调，起伏的花圃间，耸立着巨大的风车。那景象，仿佛是到了荷兰。我去过荷兰，那是郁金香和风车的故乡。在荷兰，我没有见过这么巨大的花海。有人告诉我，大丰的郁金香花圃，也许是世界上最大的郁金香种植地。然而来时不是郁金香的花季，在我看到的这片花海中，竟然没有郁金香！如果在郁金香开放时来这里，会看到怎样辉煌绚烂的景象？

大丰的美，无处不在。现已经在中国绝迹的麋鹿，当年在大丰的土地上自由繁衍，它们成群结队地奔驰于原野的景象，让人想起那句古老成语"麋沸蚁动"的本意。生命的复活，物种的重生，正是这片土地的魅力。当年知青聚集的海丰农场，如今依然绿荫荡漾，花果繁茂。农场的知青博物馆，把知青的拓荒生活凝固在展览厅堂，那些被岁月风沙模糊的图片，那些陈旧的生活用品、劳动工具，那些字迹发黄的标语，可以让人回溯知青的青春岁月，也可以反思那段曲折动荡的历史。重访农场的昔日知青，鬓发染霜，步履也开始蹒跚，但是他们一定会因为这片土地上的美妙巨变而惊喜。远眺海岸，新建的港口犹如海天间的海市蜃楼，然而那不是梦幻之景，是实实在在的现代化大港。一艘艘万吨巨轮，正从这里出发，缓缓驶向遥远的海平线⋯⋯

有人说，大丰的美景，是从无到有，是无中生有。这样的说法，有道理，也没道理。说有道理，是因为现在人们看到的这些美景，很多确实是以前没有的，它们是大丰人在新时代的创造，是大丰人在海边把心中对美的憧憬和构思变成了现实。说没道理，是因为所有被创造的美，其实都源于大丰的土地，美的种子，也许在这里埋藏孕育了千百年，适逢时机，便萌芽破土，枝繁叶茂，面朝大海，开花结果。

大丰的土地，是一片时时刻刻都在神奇生长的土地。据说，每年，这里都会新生两万亩土地。新生土地的形成，来源于中华民族的两条母亲河，长江和黄河。大丰的海岸，地处于长江和黄河入海口的中间，长江黄河带入大海的泥沙，在大丰的海岸不断沉积，新生的土地年年都在向大海伸展。这是大自然的奇迹，也是中华大地对大丰的恩赐。那是千万条大大小小的江河溪涧，日夜不停地奔流，汇聚了千山万壑的力量，把几乎大半个中国大地上的泥沙带进了长江黄河，最后沉积成大丰的土地。这是一个何等奇妙的过程！而创造着人间美景的大丰人，没有辜负大地母亲的恩赐。

朱永新在他的文章中说，故乡大丰，是他永远的乡愁。我想，大丰人的乡愁，不应是愁苦，不应是愁悲，而是鲜花的芳馨，是禽鸟的欢鸣，是自由自在的天籁，是在日日夜夜生长的神奇土地上大丰人对美和梦想的追求。

2018 年 5 月 27 日于四步斋

江南的柔和刚

曾经写过长篇散文《江南片断》，其中有一段题为《江南的柔和刚》，对江南的地理、风俗和文化有一些感性的思考。

还是在很年轻的时候，有一年，和几位朋友在杭州春游。坐在西子湖边，面对着桃红柳绿、湖光山影，聆听着莺语燕歌、风叹浪吟，喝着清芬沁人的龙井茶，大家都有些醺醺然。江南的明丽和秀美，使人沉醉。这种沉醉，似乎能让人昏然欲睡，让人在温柔和妩媚的拥抱之中飘然成仙。这样的感觉，应了古人的诗："暖风熏得游人醉。"朋友中有人下结论道：江南景色之妙，在于一个"柔"字。当时我并没有想到去反驳这样的结论，很多年过去，回想起来，这样的结论大概站不住脚。

　　离杭州不远，还有一个很典型的江南古城绍兴。如果说江南的城市都给人一种柔美的印象，那绍兴则完全不同。说起绍兴，我的心里很自然地会涌起一种刚劲豪迈的气概。那里，是我们的一位坚毅勇敢的先祖大禹的故乡，是卧薪尝胆的越王勾践的故乡，也是现代女杰秋瑾和文豪鲁迅的故乡，这些在中国历史上最有风骨的人物，都裹挟着勃勃英气，无法和一个"柔"字连在一起。然而绍兴的阳刚之气，并不是全由这些历史人物带来，走在这个新旧交织的城市里，我处处感到雄健的阳刚之气。

　　绍兴是一个由石头构筑的城市。古老的城墙是石砖砌成的，老城的路是石板铺成的，运河里的古纤道是石头架成的，而更多的是大大小小的石桥，千姿百态地架在密如蛛网的河道上。在这些铺路架桥造房子的石头上，用钢凿刻画出的无数粗犷有力的线条，岁月的流水和风沙无法磨平它们。这些石头，以及石头上的线条，使我感觉到一种厚重的力量，这种力量，和江南的柔风细雨完全是两回事。我曾经想，这么多石头，从什么地方来？后来游览了绍兴城外的东湖和柯岩，方才知道其中的秘密。东湖在峻岭绝壁之下，湖水波平如镜。坐船在湖中仰望，但见千仞危崖从天上压下来，那情景真是惊心动魄。这湖畔绝壁陡直险峻，犹如刀劈斧削，而临壁的东湖虽不宽阔，却深不可测。这山，这湖，似有威力巨大的鬼斧神工劈掘而成。后来我才知道，这里原来是古代的采石场，是石工的斧凿劈出了东湖畔的万丈绝壁，挖出了绝壁畔这一泓幽深的湖。人的劳动竟能造成如此壮观的景象，这是何等伟大的力量。柯岩也是绍兴的采石场，石工们削平了高山，又向地下挖掘。我见过石工们在深坑中采石，斧凿清脆的叮当之声和石工们高亢的吆喝之声交织在一起，从地底下盘旋而上，直冲云霄。这是我听见过的最激动人心的声音，这声音似乎是积蓄了千百年的痛苦和忧愤，埋藏了无数个春秋的憧憬和向往，猛然从人的内心深处迸发出来，挟带着金属和岩石的撞击，高飞远走，震撼天地。在柯岩听到这样的声音，印象中柔弱的江南就完全改变了形象。在柯岩，有一根名为"云骨"的巨大石柱，如同从平地上旋起的一缕云烟，被凝固成岩石，孤独地兀立在天地之间。这根石柱，并非天外来客，也不是自然造化，更不是神力所为，而是石工们的杰作。在劈山采石时，他们挖走了整座山峰，却留下了这一根使人遐想联翩的石柱。这像是一座纪念碑，像是一座雕塑，纪念并塑造着在江南创造了惊天动地业绩的采石工，他们是一个坚忍顽强的群体，是祖辈相传的无数代人。造就了绍兴城和其他江南城镇的石头，就是通过他们的手开采出来的。

　　江南的方言，被人称为吴侬软语，全无北方话的铿锵；江南的戏曲，也大多缠绵悱恻，唱的是软绵绵的腔调。唯独绍剧是例外。绍剧又叫"绍兴大板"，唱腔粗犷豪放，洋溢着阳刚之气。听绍剧时，我很自然地会联想起在柯岩听到的石工们的采石号子，同样的激昂，同样的高亢。我曾想，绍剧的唱腔，会不会脱胎于石工的号子？

如果要说江南的刚强和英雄之气，绍兴并不是一个孤例，我们上海的历史中，也有很多这样的例子。松江曾经是中国文化在江南的一个中心，那里不仅出文人，也出画家，云间诗派、云间画派，曾经引领中国的文艺潮流。清兵进攻江南，夏允彝父子和陈子龙奋起抵抗，至死不屈，兵败后，夏允彝投水殉节，夏允彝的儿子夏完淳被捕，至死不屈，就义时才17岁。夏完淳是一个才华横溢的诗人，更是一位英勇刚烈的英雄，他的形象，成为中国历史上最有骨气的刚烈形象。他的《狱中上母书》写得正气凛然，激情回荡。他的绝命诗《别云间》，曾经收在小学语文课本中，夏完淳在诗中这样道出自己的壮士襟怀："三年羁旅客，今日又南冠。无限山河泪，谁言天地宽？已知泉路近，欲别故乡难。毅魄归来日，灵旗空际看。"

现代上海在不少文人的笔下，是一座具有女性气质的阴柔的城市，似乎缺乏阳刚之气，其实这也是对上海的一种误解。回顾近代历史，上海也留下了不少激荡着英雄气概的篇章。八一三战役，淞沪抗战，面对侵略者，军民团结，万众一心，苏州河畔的四行仓库至今还留着八百壮士的血迹。多年前我曾经写过一首有关上海的长诗《沧桑之城》，其中有一章写了一位在抗战时期以身殉国的勇士。1937年12月3日，日本侵略军攻占上海，在上海市区武装游行，庆祝胜利，炫耀武力，游行的日本军队经过大世界时，有一个上海市民高喊着"中国万岁"，从大世界顶上跳下来，以壮烈的牺牲抗议侵略者的暴行。日本军队的游行队伍大乱，日军队伍行至南京路广西路口，又有一青年向日军投掷手榴弹，炸伤日军3人，自己英勇牺牲。抗战期间，上海的孤岛中曾发出很多谴责侵略者，唤起民众抗日救国的慷慨激昂的声音。我认识的一位老诗人任钧，就是其中的一位。他的激情澎湃的诗歌，在抗战时期曾激励了很多中国人。我认识他是在上世纪七十年代末，这是一位文质彬彬的大学教授，我曾惊讶，这样一位温文尔雅的读书人，当年怎么会写出如此有力量的诗篇。这样的人物和诗篇，也可以印证上海、印证江南的性格。这些往事，已经被很多人遗忘，但这样的历史，这样的人物，这样的行为，给人的印象不是柔，而是刚，刚正、刚强、刚烈。

江南的人文风尚和文化特质，应该是刚柔相济的。

2020年5月28日

寻访万年稻源

一颗小小的黑色稻米，在灯光下熠熠生辉。这是一颗完整的米粒，米粒上精致的细纹清晰可见，可是它已经炭化，已经穿越了千万年时光。在人类的博物馆中，这也许是一件最不起眼的展品，但它吸引了所有访问者的目光。因为，这颗炭化的稻米，有一万年的历史，是人类发现的最早由人工种植的水稻。它改写了历史。

这颗小小的稻粒，像是一粒乌金的雕塑，也像是来自遥远星空的一颗流星，变成了小小的陨石，让人想象岁月的悠长和大自然的神秘，更让人联想人类向文明迈进的道路是多么遥远漫长。

这是在浙江浦江的上山遗址博物馆。陪我来参观的，是考古学家蒋乐平。上山遗址博物馆中，保留着当年的考古现

186

场，起伏不平的土地中，到处是发掘过的坑坑洼洼的痕迹。在这些痕迹中，曾经埋藏着远古的谜团，是蒋乐平和他的同事们小心翼翼地拨开岁月的沙尘，让一件又一件鉴证历史的万年古物陈列在人们面前，解开了万年稻源之谜。

　　一万年前，我们的祖先如何生活？吃什么，穿什么，何处栖息，何以为生？这一切，文字的历史中没有任何具体记录，这是人类史书中记载模糊的原始年代，比我们常说的"刀耕火种"的年代更为遥远。谁能把一万年前的景象复述给今人？

　　多年前，浙江河姆渡发现了七千年前人类种植水稻的痕迹，当时曾成为重大新闻。上山遗址最初被发现时，还无法确定年代。这个被人称为上山堰的地方，散布着很多古人生活的遗迹。考古学家们发现，这里出土的陶器，多为夹炭陶，陶土中掺杂着许多稻谷。出土的古物中，有不少类似磨盘的大小石板，还有很多石球、石棒。这些似乎都在证明，在这里生活的古代人类已和稻谷结缘。蒋乐平把出土的陶器残片送到北京大学，那里有一个权威的实验室，可做科学的测年分析。测年的结果，让蒋乐平吃惊，也让他兴奋：上山出土的陶器的历史超过一万年！而这些一万年前的陶片中嵌满了稻壳的痕迹。蒋乐平深知这个发现的意义，他没有急着发布结果，而是进一步做一个考古学家应做的工作：动手实验。那些类似磨盘的石板、石球和石棒，和稻谷有什么关系？蒋乐平将适量稻谷放到上山出土的磨盘上，然后用一根石棒进行挤压搓磨。做这些动作时，蒋乐平觉得自己就成了一万年前的上山先民。当年，他们就这样使用这些石头的工具，当年，金黄的稻谷就这样在磨盘和石棒间被反复搓磨。五分钟后，他随意抓出一把经过搓磨的稻谷做数数统计，结果发现，被脱壳后保持完整的米粒有四百九十二颗，碎为半粒的有一百二十颗，被碾碎的有一百颗，未脱壳的只有四十四颗。毫无疑问，这些石磨、石棒正是上山古人为稻谷脱粒的优良工具。而更重要的考察结果是，稻壳在这样的石头工具上被粉碎的程度和保留形态，与出土的夹炭陶片中被观察到的完全一致。经过科学的分析，上山遗址出土的夹炭陶中的稻谷遗存，有明显的人工栽培特征。这些稻谷，已不是荒原中的野生植物，而是经过了人类的驯化和培植，成为大地上的农作物，成为人类赖以生存的粮食。所有的考古和科研成果都指向一个重要的结论：上山水稻，是迄今发现的年代最早的人工栽培稻遗存，上山堰，是世界稻作农业的发源地。

蒋乐平说："考古行为的奇特之处，就是将古人做过的事情重新做一遍，但当这个古人是一位改变历史的巨人时，那你是否也有可能化身为巨人？"最初种植水稻的上山堰人，都是最普通的凡人，但他们的创造却是改变历史的巨人之为。考古学家也是普通的凡人，当他们用自己的智慧和行动打开远古之门，解开历史的谜团时，他们也和那些历史的巨人化为一体。伟大的考古发现，曾经一次又一次改写历史，让人类更清晰准确地回溯自己的来路。从这个意义看，考古学家的工作，也是巨人的工作。

蒋乐平身材不高，不会让人联想到"巨人"这样的字眼。作为一个考古学家，他有一双敏锐的眼睛，有丰富的想象力，也有不辞辛劳的毅力。山野的阳光和风霜，在他的脸上留下了深刻的印迹。这二十多年来，他和他的同事们走遍浙江的山水大地，锲而不舍地寻找先人的足迹。而浦江的上山遗址，是他作为一个考古学家的幸遇之地。他在浦江跋山涉水，在上山寻寻觅觅时，感觉和一万年前的先人有一种超越时空的心灵默契。曾经被很多人忽略的器物和迹象，进入他的视野之后便燃起耀眼的火花，指引着他追根寻源，走向历史的深处。

一个残缺的大口陶盘，一颗小小的稻粒，一块石磨，一根石棒，一个被出土的古人村落遗址，它们成为考古的钥匙，历史之门由此被打开，埋藏一万年的秘密被发现，人类种植水稻的历史被往前推了三千年。上山遗址的发现，印证着中华民族源于万年前的智慧和勤劳。在和自然的相处中，我们的祖先不断探索着求生之道，探索着更加完美合理的生活方式。上山遗址，是人类走向文明的道路上的一个深深的脚印。中华文明的起源，被掀开最初的一页。

在浦江，已经建起了一个造型质朴却内涵丰富的上山遗址博物馆。博物馆坐落在一大片稻田之中，博物馆的主体是两栋类似茅屋的简朴建筑，当年的考古现场，被保留在博物馆的大厅里。浦江的朋友们陪着我参观，一路介绍着，如数家珍。在这里，能看到上山人用过的各种陶器，大口陶盘，带着一个耳环的陶罐。大大小小的陶罐上，可以依稀看到神秘的图案，那是一些排列整齐的点，是一些寄托着飞扬神思的线条。还有石头的工具，磨盘、石球、石刀、石锤、石凿。而博物馆的中心焦点，是那颗一万年前的稻粒。在射灯的映照下，小小的万年古稻熠熠闪亮，如钻石，如乌金，如来自太空的陨星，牵动着参观者的思绪，让人的联想穿越时空，飞向遥远的古代。

上山博物馆门口，有袁隆平的题词"万年上山，世界稻源"。上山遗址的重大发现，使这位被誉为"世界杂交水稻之父"的科学家深感欣喜，他挥墨写下这八个字，为上山的考古成果作了精辟总结。

正是晚秋时分，风中已有寒意。但上山博物馆周围的一大片稻海，却在天地间蔓延着耀眼的金黄。沉甸甸的稻穗在风中点头，那是沉浸于丰收的欢悦的微笑。稻田中，我看到一些装束简朴的农民在劳作，有人在车水，有人在弯腰收割，也有人牵着牛走在田间。走近细看，原来是一组组不动的雕塑。这也是博物馆的一部分。浦江友人笑着对我说：

"在这里散步，你可以想象，时光仿佛又回到了一万年前。"

视线越过上山的稻田，可以看到地平线上逶迤起伏的山影，这是浦江的仙华山。浦江友人告诉我，在仙华山上，有一些神奇的岩石，上面有远古的神秘雕刻，这些岩雕的年代和成因，至今仍是谜。离开上山遗址，浦江友人带我上了仙华山。在苍茫暮色中，我看到了那些隐匿在荒草中的神奇岩石。岩石上的浮雕，不是文字，也不是具体的物象，而是一些奇怪的符号，如一只只圆睁着或者微阖着的巨眼。神秘的眼神中，有惊奇，有诘问，有沉思，有疑惑，也许兼而有之。无论是烈日当头，还是夜色弥漫，无论是冰雪覆盖，还是风雨交加，这些眼睛永远在石头上睁着，默默遥望着无垠的苍穹。我想，这些远古浮雕，也许和一万年前驯化了野水稻的上山人有着密不可分的关联。相信我们的考古学家终有解密的一天。

2020年12月26日于四步斋

第四辑

面对一天

繁星

童心永远不会老

　　《童年河》是我的第一部小说，也是我数十年写作生涯中结识读者最多的一本书。《童年河》出版五年，给我带来太多的欣慰和惊喜。

　　一本小说的出版，就像一个孩子问世，他会遇到很多人，会结识很多朋友，会和很多关注他欣赏他的读者产生交流。一本书的问世，也像一条溪涧流出山谷，蜿蜒前行，一路溅起无数浪花。小说能引起读者共鸣，能在人间流传，对作者而言，真是一种幸运。

　　五年中，因为这部小说，我认识了无数读者，他们来自全国各地，甚至来自海外，其中有不同年龄的成年人，而更多的是读过这本书的小读者。热心的读者以各种不同的方式，表达了他们阅读这本书的感想，有发表在报刊上的文章，有发布在网络上的阅读感想，有从各地寄来的信。我也参加过很多次不同形式的读书会，在图书馆，在学校，在社区，和读者交流对这本书的看法。不少学校的语文老师在阅读课上和孩子们一起读这本书，孩子们对《童年河》的认识和解读，让我惊喜，也让我感动。最令我难忘的，是孩子们阅读《童年河》后送给我的礼物，那是一本本他们亲手制作的精美画册。画册中，小读者们用彩色的绘画、诗歌和评论，描绘出读这本书的感想和体会。我珍藏着孩子们送给我的这些礼物，并把它们视作对我的美好奖赏。

孩子们不仅读懂了《童年河》的故事，理解了小说人物的喜怒哀乐，也由此联想起自己的童年，联想起自己和亲人、朋友间的故事。曾有小读者读完这本书，发出这样的感叹：雪弟，我想成为你的朋友！

《童年河》中的孩子，如果在这个世界上生活成长，如今都应该是老人了。但是奇妙的是，当我回忆童年，重新回到那条波光潋滟的小河边上时，我仿佛返老还童，又回到遥远的童年时代，变成了一个单纯天真的孩子，兴致勃勃地环视着周围的天地，遇见很多性格不同的大人和孩子，和他们一起生活、一起创造、一起探索、一起流泪、一起欢笑……五年前构思写作《童年河》的时候，我就是这种感觉。有朋友说我是找到了重回童年的神秘通道，我不清楚这条神秘的通道在哪里，也许，是因为童心未泯，时空在我的笔下失去了距离。现在的孩子读《童年河》，不觉得隔膜，小说中孩子们的喜怒哀乐，牵动着他们的心。我想，人世间的童心和真情，大概是不会随岁月衰老消亡的。这也是《童年河》能被现在的小读者接受的原因吧。

雪弟是《童年河》的主人公，很多人认为雪弟就是小说作者自己，雪弟的经历，是作者童年生活的再现。小说是虚构的文学作品，《童年河》中的雪弟当然不是我。但是，我的童年生活，有很多情景在雪弟的身上迭现，很多故事情节的原型，是我的童年回忆。虚构和真实，在小说中交织融合，已经无法将它们分开。在这本新出的《童年河》典藏版附录中，收录了我的几篇回忆童年生活的散文，这些非虚构的散文，写我的父母，写我的亲婆，写我的童年记忆。读者读完小说，再读这些散文，也许能发现真实和虚构之间的一些微妙区别。

每个人的童年都是一条河流，河里有奔腾的浪花，河岸有变幻的风景，河上有不一样的歌声。童年是生命的起点，也是灵魂的故乡。回溯童年之河，是人生的天真纯美之旅。亲爱的读者，让我们一起回到童年吧。

2019 年 3 月 3 日于四步斋

复活的堂吉诃德精神

——读《托尔斯泰读书随笔》

多年前，曾经写过一篇文章，题为《躲进书里》，写读书带给我的愉悦和忘情。今年因为疫情，出门活动少了，在家读书的时间多了。一个人安静地在灯下读书时，有时感觉时空会失去距离，想起五十年前在乡村插队落户的岁月，在一盏火光飘忽的油灯下，读一本自己喜欢的书，会暂时忘却面临的困境。读书，听音乐，走路，是我在这些日子中花时间最多的。躲进书里，仍是我留恋的境界。在任何时候，一本好书都可能为我打开一片新的天地。

最近读过的书中，有《托尔斯泰读书随笔》。这本书使我对托尔斯泰有了不少新的认识。中国读者熟悉托尔斯泰，大多是因为他的三部长篇小说《战争与和平》《安娜·卡列尼娜》和《复活》。这三部伟大的长篇小说，确立了托翁作为小说家的崇高地位。《托尔斯泰读书随笔》，为读者展现了托翁作为一个文学批评家、一个读书人、一个哲学和宗教研究者的精神世界。

托尔斯泰是一位见解独特的文艺评论家。托翁在多篇文章中，阐述了自己的创作信条，这也是他衡量文学艺术作品的准则。他认为，对任何艺术作品都应该从三个方面去评判：一是作品的内容，必须真实地揭示生活的本质，"作者对待事物正确的，即合乎道德的态度"；二是作品表现形式的独特和优美的程度，以及与内容的相符程度，"叙述的畅晓或形式美"；三是真诚，即"艺术家对他所描写的事物的爱憎分明的真挚情感"。他认为，作家是否有真诚的态度，是决定作品成败的关键。他用这三个标准指导自己的创作，也用这三个标准批评他人的作品。

屠格涅夫向托尔斯泰推荐莫泊桑的一本短篇小说集，托翁仔细读了，承认莫泊桑有才华，但认为他不具备三个条件中的第一条，"他对描写对象没有正确的、合乎道德的态度"，他在有的小说中以蔑视的态度把农民描写得像牲畜一样，"这种分辨善恶的无知令人惊诧"。"读了屠格涅夫送给我的这本小册子，我对这位年轻作家反应十分冷淡。"但是，当他读到莫泊桑的长篇小说《一生》之后，便对莫泊桑刮目相看，对《一生》给予极高的评价："或许是在雨果《悲惨世界》之后的最佳法国长篇小说。"他认为他的那三个创作信条,"几乎同等程度地统一在这部小说之中"。后来又读到莫泊桑的《漂亮的朋友》,托尔斯泰虽然有不少不满意的地方,但还是给予了肯定。而接下来读到的几部长篇《温泉》《胜过死亡》和《我们的心》,托尔斯泰又恢复了批判的态度,"作者对孰是孰非的内在评价开始混乱起来","又出现了他早期作品中那种缺少对生活的正确而合乎道德的态度"。莫泊桑文集在俄国出版时,托尔斯泰写了一篇很长的序文,很细致地分析评论了莫泊桑的小说,序文中,有尖锐的批评,也有诚恳的褒扬。对莫泊桑那些优秀的短篇小说,托尔斯泰不吝赞美之辞。而这一切,都是建立在他对文本细致解读的基础上。

书中的长篇评论《论莎士比亚和戏剧》,是一篇让我震惊的文章。托尔斯泰花了五十年时间,"一遍一遍以尽我所能的方式去读莎士比亚:俄文本、英文本、席勒的德译本等;我把他的悲剧、喜剧、历史剧读了好几遍,体会到的感受却别无二致:厌恶、无聊和困惑"。对这位被定位在人类文艺峰巅的大作家,托尔斯泰没有人云亦云,而是得出几乎是全盘否定的结论。托尔斯泰对莎士比亚的批评,绝非标新立异,更非哗众取宠,他的批评,也是建立在详细解读分析文本的基础上的。他在文章中如解剖一般全文仔细分析解读了《李尔王》,他认为莎士比亚戏剧中的人物大多没有个性,说着相同的语言，而且常常不知所云，行为也夸张怪诞，脱离生活。"莎士比亚的所有人物都不是用自己的语言说话，而一直是用着同一种莎士比亚式的、过分雕琢的、不自然的语言，这种语言不仅被塑造的剧中人物不应说出来，就是生活中的任何人无论何时何地也说不出来。"《哈姆雷特》中被世人引为经典并反复解读的那些格言，托尔斯泰的看法是：不知所云。莎士比亚的剧本都改变自旧剧、民间传说和历史故事，托尔斯泰将莎翁的剧本和被改变的原作做比较，认为莎士比亚改编的每一个剧本，都不如原作的自然，不如原作合乎情理。他对莎士比亚的赞美者们说："请打开莎士比亚的书，任你们选，或者随手翻开一页，你们就会发现，无论怎样也找不到连续十行的话是可以理解，自然顺畅，与说话者身份相符而又能产生艺术印象的。"托尔斯泰用他指导创作的三个原则分析莎士比亚的作品，认为他没有一条是及格的。就内容而言，表现的是"极为低劣和庸俗的世界观"；就形式而言，是"没有自然的处境，没有剧中人物的语言，没有分寸感"；至于真诚的态度，"在莎士比亚的所有文字中全然不见"，"看到的是他在玩弄文字游戏"，不加节制地插科打诨。托尔斯泰在他的文章中驳斥嘲笑了那些把莎士比亚捧上神坛的评论家，他认为那些盲目的崇拜，那些虚假的不切实际的赞美，不过是谎言而已。如果以托尔斯泰的结论，莎士比亚只能是一个拙劣的三流剧作家。这样的看法当然只是一家之言，莎士比亚在神坛的地位，并未因托尔斯泰的否定而改变。然而托尔斯泰这篇评论的意义，是不可否定的，他为文学评论家做了一个表率，被捧上神坛的大师也可以批评。说心里话，读托尔斯泰这篇评论时，很多地方我是心有共鸣的，他很有力量地回答了我的一些困惑。在托尔斯泰身上，能看到复活了的堂吉诃德精神，在任何时代，这样的精神都是难能可贵的。

不要以为托尔斯泰是一位严肃严厉的批评家，他也有一颗澄澈的童心。他爱孩子，尊重孩子，由衷地欣赏孩子身上散发的聪颖天真，并用他的方式给予鼓励。这本书中，有一篇谈孩子的文章，并非读书随笔，而是他在写作实践中和孩子交流合作的纪实。这篇文章有一个很长的题目：《谁向谁学习写作？是农民的孩子向我们，还是我们向他们学习？》整篇文章，托翁都是在回答这个问题，答案非常肯定，是作家应该向孩子学习，向农民的孩子学习。农民的孩子，以他们的淳朴，以他们对事物单纯的看法和生动的描述，让托尔斯泰不断产生惊喜。他发现，"孩子比成年人距离真善美的和谐理想更近"。

托尔斯泰从小喜欢读书，一直到生命的最后一刻，仍然手不释卷。有一位名叫列捷尔列的儿童文学家写信给托尔斯泰，请他为读者列出一百本他喜欢的书。那是在1891年秋天，那年托尔斯泰63岁。在给列捷尔列的回信中，托尔斯泰以"给我留下印象的作品"为题，详细地开列了一张长长的书单，而且加注了很有意思的说明。这份书单以不同的年龄阶段为序，从童年、少年、青年、中年一直到老年，每个年龄阶段都有他喜欢的书，在每本书的后面，有不同的评价，或者"强烈"，或者"深刻"，或者"非常深刻"。从这份书单中，可以窥见托尔斯泰的阅读和思想的轨迹。在他的书单中，关于中国的书有孔子、孟子和老子，而且都是他晚年读的书，他给这些书的评价是"强烈"。若在今日，有哪位大作家会不厌其烦地为一位同行开列这样的书单？托尔斯泰不愧是一个真正的读书人。

托尔斯泰的读书随笔中，不时有出人意料的见解，让人一边读，一边情不自禁地想：以前很多对文学和历史的定见，是否应该重新审视，并且做一些修正。这就是一本哲人之书给读者的启迪。

2020年12月14日于四步斋

面对一天繁星

——《世界当代诗歌金选》序

    如果用"诗意"这样的词汇来描述当代世界，很多人会不以为然。这世界动乱不安，人心浮躁，物欲横流，人类发明的文字，更多地用来诠释经济的利益，用来吵架，用来写公文，用来絮叨家长里短，用来报道现实的危机，用来表达面对未来的迷惘。这样的世界，还有"诗意"吗？

    答案当然是肯定的，有诗意。只要有文明人类生活的地方，诗意就无时无刻不存在。不管世界是何种状态，不管人类的观念和文化如何冲撞，不管人们的生活方式发生多少变化，优秀的诗人们都会在地球的每一个角落里发出他们真诚的声音，这声音从未间断。这些声音，在喧嚣的世界中也许非常微弱，但它们是人间的妙音，因为，这些声音从诗人的灵魂中用独特的方式流出来，它们可以让一颗心灵很自然地接近另一颗陌生的心灵，引起共鸣。我们的世界，因为诗歌的存在，多了暖意，多了美好，多了让人类成为"万物灵长"的理由。

真正的好诗是什么？真正的好诗，是文字的宝石，是心灵的花朵，是从灵魂的泉眼中涌出的汩汩清泉。很多年前，我曾经写过这么一段话：把语言变成音乐，用你独特的旋律和感受，真诚地倾吐一颗敏感的心对大自然和生命的爱——这便是诗。诗中的爱心是博大的，它可以涵盖人类感情中的一切声音：痛苦、欢乐、悲伤、忧愁、愤怒，甚至迷惘……唯一无法容纳的，是虚伪。好诗的标准，最重要的一条，应该是能够拨动读者的心弦。在浩瀚的心灵海洋中引不起一星半点共鸣的自我激动，恐怕不会有生命力。

那些留在人们记忆中让人难忘的诗歌，是诗人献给世界的美好礼物。它们是在黑暗中燃起的灯火，是在绝望时出现的希望，是在陷入痛苦时对灵魂的安抚，是在冷漠中对爱的呼唤和期盼，是在欢乐时情不自禁的歌唱。面对变幻的世界，面对浩瀚的人心，面对神秘的自然，诗人们发出永无休止的诘问，并且力图把迷思化解为与众不同的答案。也许永远也没有一个完整的标准答案，但是读者在诗人们的诘问声中，引起悠长的联想和思索，从而对生命、对人性、对自然、对人类的未来有了新的认识。这就是诗歌的魅力。

那么，问题来了。世间的被称为"诗歌"的文字，浩如烟海，每天在不同的场合出现的诗歌成千上万，无法统计。其中并非都是能打动人心的文字，也许更多的是文字游戏，甚至是文字垃圾。很多读者因此而讨厌甚至鄙视诗歌。这样的泥沙俱下，这样的鱼目混珠，对诗歌是一种伤害，但是，这不是诗歌之谬，更非诗歌之罪。当今世界，有众多优秀的诗人，有无数美妙的诗歌，把这些诗人的佳作遴选出来，向读者推荐，让人们认识诗歌的价值和魅力，这是一个极有意义的重要工作。编选这本《世界当代诗歌金选》，做的就是这样的工作。

提议编选这本诗集的伊昂·德亚科内斯库是罗马尼亚著名诗人。2019年夏天，我去罗马尼亚参加爱明内斯库国际诗歌节，和他相识。德亚科内斯库是罗马尼亚爱明内斯库国际诗歌节主席，他和世界诗坛有广泛的联系，他告诉我，他在编撰一本当代世界诗选。他想向全世界的读者推荐当代世界诗歌中值得一读的佳作，并提出邀请，希望我和他一起完成这个工作量巨大的编选工作，并且希望能出版中文版，让中国读者也能读到这本诗选。这就是出版这本世界诗选中文版的缘起。在一年多时间中，我们不断书信往来，商量这本诗选的编选方针和出版体例，并陆续把不同语种的入选诗歌翻译成中文。要从浩瀚纷繁的世界诗坛中挑选出合适的作品，编辑成一本既能展现当代世界的诗歌风貌，又不至于篇幅过大的综合性诗选，不是一件轻而易举的事情。我们现在看到的这本诗选，是一次次反复斟酌筛选之后的结果。诗选荟集了世界各国近百位优秀诗人的佳作。也许，面对浩瀚如星空的当代世界诗坛，这本诗选只是沧海一粟，只是花园一角，但是可以管中窥豹，从中看到当代世界诗歌创作的丰富多样，可以感受诗人的真挚、睿智、浪漫和自由不羁的创造力，可以发现诗歌的魅力。编选这本书的过程，正如伊昂·德亚科内斯库所言："这是一个对诗歌充满爱和温情的工程，是一种面向自我和他人的开放姿态。"

　　诗歌是文字的艺术。很多人认为，诗人只为母语读者写作，如果翻译成别种文字，也许就会失色变味，甚至面目全非。这种看法不无道理，但过于极端，诗歌还是可以翻译的。最近一个多世纪的国际文学交流和互译，已经充分证明了这一点。小说、散文和戏剧可以翻译，诗歌也是可译的，不同文字蕴涵的美妙意象，经过译者精妙的解读和翻译，尽管外貌和音韵有变化，但仍然可以保持它们的精神和内涵。多年前，我写过一首题为《文字》的诗，其实也是抒发了对诗歌的感慨，引录在这里，权作这篇短序的结尾吧：

　　　　厮混了一辈子
　　　　是最熟悉的朋友
　　　　也是最疏离的陌生人

默默念叨着你们

成群结队从我面前走过

如将军点兵

如农夫数粟

也如蒙昧的孩童

好奇地面对一天繁星

是七彩丝线

织成绚烂的锦缎

也是一团乱麻

搅成迷宫

散落在荒野中

是自由的流浪者

隐藏在辞典里

是神秘的侠客

相同的面孔

却可以变幻出

无穷无尽的表情

是一盘散沙

却能将岁月凝固

是遍地乱石
却能铺筑道路
通向辽阔的远方
也通向幽谧的去处

2020年8月30日于上海

散文写作随想

写作的秘诀和灵魂

经常有读者问我：怎样才能写好文章？作文有什么秘诀？

对这样的问题，答案可以很复杂，也可以很简单。

很复杂的答案，必须谈很多写作的技巧，譬如怎么构思，怎么提炼主题，如何以小见大，如何谋篇布局，如何驾驭文字，如何运用丰富的修辞手法，如何发挥丰富的想象力。这样的答案，可以写一本谈写作的书。很多出版社约我写这样的书，我却一直没有写。我觉得，与其写这样的书，不如多写几篇自己想写的文章，把我对世界和人世的感受告诉读者，这也许比回答写作诀窍更有意思吧。

简单的答案，就是六个字：多读。多想。多练。

要做到这六个字，其实也不简单。多读，就是要有阅读的积累，多读好书，多欣赏佳作。好文章，是写作者最好的老师，那些成功感人的文章，每一篇都可以成为学习写作的范文。多想，就是多观察，多思考，通过观察和思考，积累写作的素材。不要说生活很平淡，每个人的经历中，都有值得记取、值得书写的内容。要有一双勤于观察、善于发现的慧眼，在平凡的生活中发现不平凡的涵义。多练，就是要勤写，多练笔。要养成用文字真实地叙述事件、抒发感情、表达观点的习惯。青少年要养成这样的习惯，最好的方法是每天记日记。记日记，不是记流水账，而是把一天中印象深刻的事件或感受写下来，写出自己的真实感受和个性，日记不必长，每天几百字便可。

文章要写得感人，如果说有什么秘诀的话，我认为只有一个：真诚。做一个真诚的人，用真诚的态度作文，在文章中发表真诚的看法，抒发真诚的感情。真诚，是作文的灵魂。

撷取记忆中的珍珠

我曾经在一篇谈创作的文章中这样说过，所有的文学作品，其实都是回忆，回忆过去的岁月，回忆往事，回忆自己的人生经历和心路历程，回忆自己曾经对世间万物的感受和思考，回忆曾经在自己的心灵中产生的梦幻和想象。如果没有这样的回忆，就不会有笔下的文字，不会有关于往事的回溯和思考。往事，也许是很多散乱飘忽的印象，但是有些往事，你却怎么也无法忘记，它们常常会重现在你的眼前，会让你忍不住回忆它们，回想它们，忍不住用文字记录它们。这样的往事，犹如蕴藏在记忆贝壳中的珍珠，岁月不仅无法磨灭它们，还会把它们孕育磨砺得更圆润，更莹洁。写这些往事，就如同在记忆的贝壳中撷取晶莹的珍珠。

　　我的散文，很多是对往事的回忆。这些往事，并不是惊天动地的大事，也不是惊心动魄的遭遇，大多是一些小事，是一些看似无关紧要的情景和细节，然而它们却成为我创作的动因，成为散文内容的主体。如《小鸟，你飞向何方》中，在书店中的那次遭遇，一本书，一个不认识的女孩，在那个动荡的时代，这样的情景成为无法忘怀的美好记忆。写这样的往事，并不是简单的怀旧，而是表达年轻人在迷茫中对知识的向往、对理想的追寻。再如《旷野的微光》《火光》，写的都是我在农村插队落户时的往事，一个处在逆境中的知识青年如何走出颓丧，如何摆脱消沉，如何找到人生的方向，靠的不是空洞的大道理，而是一些具体的撼动心灵的事情。孤独中那些来自农民的关怀和问候，农民通过各种方式给我送书，这些往事，如黑暗中的火光，照亮了走出困境的道路。那个时代已经远去，但那些往事，现在回忆起来，仍然能给人温暖，能让人重温人间的真善美。

往事中，可能会有一条路、一条河、一棵树、一本书、一支歌、一幅年画、一张邮票、一只风筝、一条流浪狗，甚至只是简单的一两句话，只是天花板上的一片水迹。我在自己的散文中写了这些往事，其实也是写了人生旅途中那些难忘的风景，写了生命成长过程中那些美好的时光。这些文字，是从记忆的贝壳中撷取的珍珠。

天下万物皆有情

中国的古诗中，咏物诗是一个品类。所谓咏物，就是对物的描绘歌咏，是诗人在诗作中托物言志，借物抒情。其实写散文常常也是这样，通过对一些具体物象的描写，抒发情感，感叹世界的丰繁和人心的浩瀚。

这里所说的"物"，究竟是什么？其实，天地之间的任何物质，都可以包含其中。可以是有生命的物种，如植物、动物，也可以是没有生命的物体。这样的"物"，可以很大，一座山、一条江，甚至是大海、星空；也可以很小，小到一棵草、一片树叶、一张纸、一块石头、一粒尘埃。这些"物"，为什么会出现在诗文中？那一定是有原因的，因为它们曾经吸引你的视线，曾经拨动你的情感之弦，曾经和你的生活发生关系，使你因此而受到感动，由此而体悟人生的意义，思索生命的价值。

进入诗文的"物"，都是有感情的物体，它们包涵、折射着作者的喜怒哀乐。我早年的散文中，几乎每一篇都会涉及"物"，每一种"物"都寄托着一段感情，留下了一份思索。如《生命草》，写的是我青少年时代的经历，观察一棵无人播种却自由生长的野草，联想那个时代我们这一代人的命运和追求。《我和水稻》《我和棉花》，写了我在乡下务农时种水稻种棉花的经历，却并非简单的咏物，而是抒发了青年时代在乡下务农时对生活、对自然的感受。《我和杜甫》，写一尊瓷雕，表达的是我对文学的迷恋和思考。《咬人草》，写在新疆认识的一种野草，引发的是对独立不羁的个性的赞叹。《厚朴》，写一棵树，由此联想到人，赞美一个不为人注意的园丁。《最后的微笑》，写一棵历尽磨难而顽强生存的古柏，由此惊叹生命的顽强和坚忍。《我的座椅》，写一辆旧自行车，反映的是那个时代普通人真实的生活情状。《孔雀翎》，写成为商品的孔雀羽毛，引发的是对如何善待生命的思考。《独轮车》，写一辆被废弃的独轮车，却由此联想到音乐，联想到童年的生活。

其实，几乎所有叙事抒情的散文中，都会涉及不同的"物"，这些"物"和作者之间，不仅仅是视觉、触觉、味觉和嗅觉的关系，也是千丝万缕的精神的联系，是作者的思想和情感在客观世界中寻找到的一种寄托。因为人的存在，因为人的生活，天下万物都可能是感情的载体，它们会随着生命的歌唱翩然起舞，变得多姿多彩，无限丰富。

想一想，你的人生经历中，有多少可以寄托自己情感的"物"，用文字把它们"画"出来，让它们成为情感的美妙载体。

把人物写活

在散文中写人，好比在白纸上画人。画人是否成功，很多人觉得要紧的是是否画得逼真，画得像。其实，人物画，逼真也许不是最重要的，仅追求逼真，那不如拍照片，咔嚓一声，就把人物拍下来，和真人一样。而人物画的更高境界，是画得传神，画出人物的精神和感情。这就是绘画艺术家和画匠的区别。

写文章的道理也是一样的，写人物的散文，必须把人物写得生动传神，写出人物的个性。不仅写出他们的外表形象，也要刻画出他们的内心世界。

绘画有各种各样的品种，油画、国画、水彩画、版画、素描、速写，虽然用的材料和工具不同，但本质是一样的，通过丰富的色彩和线条，勾勒描绘出人物的形象。写文章，是用文字作为色彩和线条，画出人物的形象和精神。什么是文字的色彩和线条？答案很简单，就是体现人物性格的细节、情景和故事。能给读者留下深刻印象的人物散文，一定有让人难忘的细节，这些细节，也许很平常，也许很特别，但在不同的场景中，它们可以生动传神地体现人物的情感和性格。譬如朱自清写父亲的散文《背影》，就是通过一个看似平常的细节来写：送别时父亲为儿子爬过车站月台买橘子的背影。为什么这样的细节能让作者流泪，也让读者感动？因为这样的情景，正是父爱最生动的表现。父子之间的亲情，就体现在这样细微却真实的细节中，如果不留意，这样的细节转瞬即逝，留不下任何痕迹，但如果被有心人观察到并用文字记下来，它们就会成为刻画人物的动人细节。

我写了大半辈子散文，其中很多是写人物的。重读这些写在不同年代的文字，眼前会出现一个个不同的人物，这些人物中，有我熟悉的长辈和朋友，有的人曾经朝夕相处，有的人只是见过几面，有的人甚至是素昧平生，只是匆匆一见，甚至只是擦身而过。然而这些人物，都成为我散文的主体。写长辈的文字，表达的是亲情，譬如几篇写父亲的散文《热爱生命》《不褪色的迷失》《挥手》，文中用的是不同的故事和细节，《热爱生命》中写父亲养金铃子，《不褪色的迷失》写童年的一次迷路，《挥手》是父亲去世后我对父亲的回忆，文中有很多故事和情景，但有几个细节也许会给读者留下较深的印象，那是父亲在不同时代三次为我送别的情景。这样的细节，也许都很平常，不是什么大事，但在父子之间，却是刻骨铭心的记忆。《母亲和书》，写了我对母亲的误会，以为母亲对我的创作没有兴趣，没想到母亲那个藏在密室的书柜，是收藏我的著作最完整的所在。这样的故事和细节，有点曲折，也有点特别，这使我对母爱有了更深的体验和了解。我在散文中写过的有些人物，其实是素昧平生，我为什么会写他们？因为他们的言行举止吸引了我，感动了我，引起我的联想和思索。譬如《峡中渔人》，是我在长江边遇到的打鱼人，我只是远远地观察他们，他们面对急流的沉默的执着，他们那种惊人的耐心，让我难以忘怀。《亮色》的构思写作，也是缘于一次偶然的路遇，一个坐轮椅去菜场买菜的残疾人，买了一束鲜花回家。我在路上观察他很久，那束价格远高于蔬菜的鲜花，让我产生很多猜想，由此推想轮椅上这位残疾人的人生。回到家里，脑子里一直想着那轮椅和鲜花，于是写成了《亮色》。

画家画人，有浓彩重墨，工笔精绘，也有简约写意，轻描淡写，只要抓住要点，画得传神，画出人物的特点和灵魂，就是佳作。写文章也一样，可以用大量的细节和情景详尽地写，也可以只是一两个细节，甚至是一句话、一个眼神和表情，寥寥数笔，就写活了人物，写出了人物的真性情。

空灵和空泛

在散文中，有一类作品被人称之为"抒情散文"。对抒情散文的定义，其实并没有严格的规定。所谓抒情散文，并非纯粹抒情，而是通过具体的事物、具体的意象，抒发写作者的情感和思索。这样的抒情，必须是源自生活的体验，源自对人生和自然的感悟。文字中传达的感情，如果无所依托，凭空泛滥，那就是无病呻吟。这样的文章，是无根之草、无本之木，不会有真实的生命力。

常常有人以"空灵"来赞美那些文字飘逸、抒情意味很浓的散文。"空灵"是一个褒义词。被褒扬的空灵之作，飘逸优美的文字中，一定有坚实的内核，那是作者想通过文字抒发的感情、传达的思想。感动读者的空灵之作，文中一定有非常具体的事件和情景作为情绪的依托，成功的空灵之作，不会是空洞虚浮的文字，否则，必定是空泛之作。

空灵和空泛，一字之差，境界完全不同。空灵，是视野的空阔辽远，是情绪的自由灵动，是文字的飘逸优美，而这一切，是作者来自生活的真诚情感、真实感受和真切表达。空泛，是无所依托的泛泛之谈，这样的文章，常常是东拉西扯，词不达意，王顾左右，不知所云。

我写过不少抒情意味较浓的散文，有些甚至可以称之为散文诗。这些文字，其实都是有感而发，诗化的文字背后，是生活中的很多实事实景。譬如《小黑屋琐记》，是我年轻时代的一篇短文，写的是当时的生活情状，住在一间不见阳光的屋子里，四望皆壁，暗无天日，但我的精神追求却没有因此而被阻隔，我的思想天地没有因此而被缩小，我的文学生涯，就在这间小小的黑屋子里起步。这篇短文，很真实地描绘了小黑屋狭隘闭塞的空间，但我的情绪并不颓丧，我的憧憬无拘无束，自由地翱翔在黑暗的空间，飞向浩瀚的世界。我在文章中这样写：

　　花儿在这里要枯萎，鸟儿在这里不肯唱歌。人呢，人在这里怎么样？

　　是的，假如混沌，它可以成为笼子，牢牢囚禁我的思想；假如颓丧，它可以成为坟墓，活活埋葬我的青春。

　　而我，却流着汗，憋着气，忍受着四面夹击的噪音，在这里长大了，成熟了，走上了一条追求光明和艺术的道路。

小黑屋中曾经发生过什么呢？我在文章中写到自己画画、拉小提琴，虽然追求艺术的道路并不顺当，然而可以在这里读书写作：

8瓦的小灯光线微弱，然而用它为一个读书人照明，是绰绰有余了。当书页沙沙地在这里掀动时，我的心也逐渐亮起来。是的，它越来越小——这是因为书占据的空间越来越多。是的，它越来越大——这是因为在知识的瀚海之中，我越来越感觉到自己的渺小和无知。在这里，我终于富有起来，充实起来。给予我的，是无数令人崇敬的先人——

普希金和雪莱在为我吟诗……

泰戈尔老人用他奇妙的语言，为我讲述许多神秘的故事……

杰克·伦敦和海明威大声地告诉我：人生，就是搏斗！

黑格尔和克罗齐娓娓而谈，为我讲授着美学……

还有我们民族那么多才华横溢的祖先，为我唱着永不使人厌倦的优美的歌……

古老的、新鲜的、艰深的、晓畅的，互相掺杂着向我涌来，需要我清理，需要我挑选……

我像一个淘金者，在幽暗的矿井里采掘灿然的黄金。采不完的金子呵！

这样抒情的文字，是对命运的挑战，对生活的感谢，也是对文学的热爱和向往。

亲爱的读者，如果有兴趣，你也可以试着写一些空灵的抒情文字，但是请记住，不要空洞，不要空泛，要源自生活，发自内心。文字再飘逸，再朦胧，再曲折，不能不知所云，在看似天马行空的抒情文字中，必须潜藏着一颗真诚的心，必须有一些实实在在的真实生活作为基础和背景。

生活中处处有哲理

哲学是什么？如果查词典，我们可以看到这样的解释，哲学是人对宇宙和世间万物的研究和认识，是研究宇宙的性质，宇宙内万事万物演化的规律，是探讨人在宇宙中的位置。其实，哲学家们对哲学的定义，也有不同的解释。有人认为哲学是"因惊奇而产生"，因惊奇而探索世界的真实面貌；有人认为哲学"是一种特殊的思维运动"，是对真理的追求；有人认为哲学"是怀着乡愁到处寻找精神家园的活动"；有人认为哲学"就是对于人生的有系统的反思"。一位中国的学者说："凡研究人生切要的问题，从根本上着想，要寻一个根本的解决：这种学问，叫作哲学。"这种种解释，都让人感觉有些深奥。

什么是哲思？是哲学家的思考，是对哲学的思考，还是在文章中探讨哲学的命题？答案可以说都是对的，也都是错的。

为什么说都是对的？因为我们周围的世界、我们的生活、我们的人生，每时每刻都会出现有关哲学的问题，对一个喜欢思考的人来说，哲学无所不在。为什么说是错的？因为这里所说的哲思，并非深奥的哲学问题，而是我们在日常生活中的感悟，你并没有想到要探讨哲学，然而你的感想中很自然地抒发了带有哲学意味的思考。

在散文《日晷之影》中，我曾经写过这样一段话，也许可以对读者做一个"哲思"式的解释：

> 无须从哲人的词典里选取闪光的词汇为自己壮胆。活在这世上，每一个人都具备了做一个哲人的条件。你在生活的路上挣扎着，你在为生存而搏斗，你在爱，你在恨，你在寻求，你在追求一个目标，你在为你的存在而思索，为你的行动而斟酌，你就可能是一个哲人。不要说你不具备哲人的智慧和深沉，即便你木讷少言，你也可能口吐莲花。

我的心灵变成了一根琴弦

我热爱音乐，在我的人生记忆中，音乐是极为美好的一部分。童年时代喜欢的旋律，直到现在还清晰地记得，它们如此熟悉，如此亲切，就像一条条奇妙的时光隧道，把我拽回到远去的年代。

在孤独的岁月中，音乐曾经给我带来难以言喻的安慰和憧憬，我曾经在无人的荒滩上大声吹口哨，吹出记忆中那些美妙的旋律；我曾在风雨交加的黑夜中，捧着一台半导体收音机，蒙着被子偷听肖邦的钢琴曲；我曾在音乐中流泪，微笑，沉思……

有人说，音乐只能聆听，无法解说，只能意会，无法言传。相同的音乐，在不同的听者心里，也许会引起不一样的波澜。用文字来描绘音乐，常常是力不从心、词不达意的事情。这些话，没有说错。但是，音乐和文字，还是可以产生千丝万缕的亲密联系。用文字把自己对音乐的理解和感悟写出来，对我来说，这是一件愉快的事情，相信对很多同时热爱音乐和文学的读者来说，也会如此。我写过不少和音乐有关的文字，它们写于不同时期，有的是对一支乐曲的欣赏，有的是对一场音乐会的回忆，有的是对一个音乐家的赞美，有的是音乐和我的人生发生的种种联系。不管怎么写，不管写什么，这些文字，都是音乐给我的灵感，都是因为音乐拨动了我的心弦，使我忍不住想把心弦的颤动记录下来，写出来。写音乐的文字，并无定规，你可以自由自在地写，无拘无束地写，把你对音乐的感受和联想，写得色彩斑斓，写得与众不同。

我曾经写过一篇短文，题为《致音乐》，表达了我对音乐的喜爱，以及我对音乐的思考和想象。这篇短文，用的是第二人称"你"，这个"你"，便是我心目中的音乐形象，是我和音乐的对话：

你是谁？为什么我看不见你，而你却那么奇妙地跟随着我，使我无法离开你？你融化在空气里，弥漫在阳光里，流动在时光的脚步声中，你使我的心灵变成了一根琴弦，久久地颤动……

你时而像长江大河汹涌而来，我的灵魂如同一叶小舟，被你的波浪簇拥着，在呼啸的浪涛声中作激动人心的旅行……

你时而如涓涓细流，从幽静的山林中娓娓而来，在你清澈的涟漪中，我照见了自己疲惫的面容，你用清凉的流水，洗濯着我身上的尘土……我怎能不在你的身边流连忘返呢？

你时而像春天的风，从四面八方向我吹来，使我感到温暖和湿润。在你奇妙的风中，我成了一只风筝，被你高高地吹到了空中。你使我看到，这个世界是多么辽阔！

你时而像划破夜空的闪电，突然在我的周围发出耀眼的光芒。如果我曾因为黑暗而恐惧，因为夜的漫长而焦虑不安，在看到你的神奇的光芒之后，我便会很平静地面对黑暗，我相信你光明的昭示宣判了黑暗的短暂。

在我的无数朋友中间，没有一个朋友像你那样忠实。只要认识了你，你就会永久地留在我的心里，岁月的流逝无法把你的形象冲淡。如果心里有一扇门的话，这门对你永远不会关闭。在寂寞时，你的到来会给我带来欢声；在痛苦时，你的出现会使我平静；在烦躁时，你会轻轻地抚摸我，把我引入心静如水的境界；在暗淡而慵懒的时刻，你会用激昂的声音大声提醒我：一切都只是刚刚开始，往前走啊！

哦，我亲爱的朋友，我愿意被你引导着，去寻找我心中憧憬的妙境……

用文字画出天籁

天籁是什么？天籁是日月星辰的运行，是风雨烟云的变幻，是大地上万物生长的姿态，是天空中百鸟的翔舞歌唱，是草的叹息、花的微笑、昆虫的私语，是月光在水面上流动，微风在树林里散步，是细雨亲吻着原野和城市……

只要你热爱自然和生命，只要你懂得欣赏大自然的美，那么，天籁就会是无时不在的朋友，她就在你的周围，在你眼帘里，在你的耳膜边……

我年轻时，曾经在长江口的崇明岛生活过几年，那时，生活穷困，劳动艰苦，精神孤独。但是，有一位朋友始终陪伴着我，无论春夏秋冬，无论阴晴雨雪，她总在我的身边，不离不弃，使我在孤独之中感觉到一种安慰和亲近。这位朋友，就是天籁。我不仅用眼睛欣赏她，用耳朵倾听她，更用心灵去感受她。

那时，我天天在油灯下写日记，日记中的一个重要内容，就是记录每天看到的自然风光。我曾经称这样的记录为"用文字来绘画"。

如何用文字来绘画，画出你身边的天籁？首先必须发现天籁之美。只要有一颗热爱自然的心，那么，你观察到的天地万物永远不会平淡无奇。每天的日出，因天边云彩的变幻而景象迥异；庭院里的花树，也会因气候的不同而气象万千；雾里的树影、风中的芦荡、雨中的竹林、阳光下田间地头星星点点的野花，都是那么美妙，值得我把它们画出来。既然是绘画，就要画出形状，画出色彩，画出千变万化的气息，这些，用文字是可以做到的，文字就是绘画的工具和材料。我们的汉字，是世界上表现力最丰富的文字，只要平时注意积累，尽可能多地将各种各样的词汇收入自己的库存，经常检点它们，使用它们，亲近它们，熟悉每一个词汇的性格和特点，在需要时，它们就会自动蹦到你的笔下，为你完成文字绘画。

　　年轻时代用文字绘画的习惯，一直延续到现在，仍然其乐无穷，因为，天籁这位神奇美妙的朋友，从来没有离开过我。

　　此类文章，现在有些作家似乎已不屑写，在他们看来，用文字描绘自然景象，是无聊和浪费。有些人认为，文学写作，只须写人写事写社会，无关风花雪月。此实乃误区。人若离开自然，岂不成了机器。身在自然却不识其美，是文明人类之悲哀。

　　用文字记录描绘风景山水，不是旅游介绍，而是审美体验，是心灵感悟，是人与自然的交融和交流。

　　亲爱的读者，请拿起笔，写出你感受到的天籁，写出你看到过的美景，写出你在山水之间得到的审美乐趣和人生感悟。

2019年7月于四步斋

你们不会背叛我

今天是世界读书日。中国阅读三十人论坛，在"全民读书月"为读者举办系列阅读讲座。作为论坛的成员，有幸参加这样的阅读活动，与读者谈谈读书，是我的荣幸。因为疫情，最近一直封闭在家，无法去图书馆。我只能在上海家中小小的"四步斋"里，面对着手机自说自话，这在我也是第一次。虽然面对的是手机，但我心里想到的是很多和我一样爱书的读者朋友，我可以敞开心扉说一些心里话。

今天谈话的题目是"阅读的美好境界"，这不是一个学术报告，而是一个读书人谈自己的读书经验，谈那些和阅读有关的难忘往事，谈我所喜欢的书。

为什么要读书?

　　为什么要读书?这个问题,我想每个人都可以回答。一个不崇尚读书、不爱读书的民族是没有希望的,一个不读书的人是没有前途的。我想起一件往事,二十年前在第十届全国政协第一次大会期间,我的好朋友朱永新拿着一份提案到我的房间,他说要提交一份提案,建议在中国设一个"阅读节",因为阅读对中国人来说太重要了。那时候我们非常担心阅读的空气越来越淡薄,整个社会崇尚金钱,物欲横流,大众话题谈书、谈阅读的非常少。朱永新做过一个调查,当时我国国民年均每个人读书不到一本,而且还包括孩子们的教辅书,很多中国人一年到头不读一本书,而那些发达国家的国民每年阅读书的数量是四十至六十本,这是一个巨大的差距。

　　中国是一个崇尚读书的国家,中华民族是爱读书的民族,读书这件事情一直是被赞美、被崇尚的,但现状是中国人不读书,不爱读书,读书的人越来越少……我非常赞成朱永新的提案,这个提案不是简单地设一个"阅读节",而是要提醒国人:我们不要忘记读书!我们要警醒国民:再这样下去,令人担忧。

　　朱永新建议我再请一些作家朋友,一起来为这件事情呼吁，联署这一提案。后来，我找了王安忆、梁晓声、张抗抗、贾平凹，一起在提案上签了名，支持朱永新的这个建议。

朱永新是一个非常执着的人，之后每年都在全国政协、全国人大会议递交提案，提议要设"阅读节"，要重视全民阅读。他在各种各样的场合为全民阅读呼吁，现在这件事情终于成为国人的共识，每年会举办这样的全民阅读节，政府的工作报告中都会谈到全民阅读。

读书对一个人来说是非常重要的，不仅给人知识，使人认识世界的丰富宽广，认识人性的曲折，给人思想，给人力量，让人成为有独立思考能力的知识分子。读书还能美容，这并不是玩笑话，一个人如果爱读书会变美，会散发出一股书卷气，这种美是由内而外的一种优雅。

宋代的皇帝宋真宗，写过一首《劝学诗》，以前我们曾批判过这首诗。但这首诗很有意思，全诗共十句，千百年来一直在民间流传："富家不用买良田，书中自有千钟粟。安居不用架高堂，书中自有黄金屋。出门莫恨无人随，书中车马多如簇。娶妻莫恨无良媒，书中自有颜如玉。男儿欲遂平生志，五经勤向窗前读。"

以前批判这首诗，说读书为了什么，是为了做官，为了发财，为了娶到年轻美貌的妻子。宋真宗这首诗的用意其实还是劝导大家多读书。其中两句我觉得非常有意思，"书中自有颜如玉"，可以有另外一种解读：一个人多读书、喜欢读书，他的容貌会变美。我给人题字经常写这句话。

说到这里，想起美国总统林肯的一件趣事。一次，有一个人向林肯推荐一个人才，说这个人可以当部长，但林肯看了这个人一眼，说这个人长相不好，我不喜欢。那个朋友非常惊讶，说你是总统，怎么能以貌取人呢？林肯总统的回答非常有意思，他说：一个人的容貌在三十岁之前是父母给的，三十岁以后的容貌是他自己塑造的。这是什么意思呢？如果你在生命的前三十年里不读书，是一个庸庸碌碌的人，一个庸俗的人，那么你的容貌会变得很丑。如果你在三十年中一直是一个爱读书的人，一直与高雅、有价值的书陪伴，那么三十岁以后，你的容颜就会散发出书卷气，你会变得优雅……

读书，对我们每个人都是一件非常重要的事。一本好书，是一个智者用他毕生的生命去寻找、去探索、去思考、去追求的结果，把一生的经验浓缩成一本薄薄的书。作为一个读者，我们只要花几个小时或者一天时间，就可以读到一个人一生的追求。所以，我经常跟年轻的朋友们说，我们读一本书就可以多活一次。经由一本书，我们可以走进一个智者的生命，跟着他活一次。一个人在成长的过程中如果有无数次这样的经验，那么他一定会成为一个智者。

那么，怎样读书？每个人都有自己的读书方法。我们的先贤中有很多了不起的读书人，譬如清代的曾国藩先生，是一个真正的读书人，他终身读书，直到生命最后一刻。可以说他活一天就读一天，生命不止，读书不止。他的读书方法归纳为六个字，我觉得是我们现代人可以汲取的。这六个字是：有志、有识、有恒。所谓有志，就是有理想有目标，有远大的志向；有识，就是有见识，有思想，对任何事情有自己独特的见解与思考，而不是简单地接受书本的知识，阅读就是让自己逐渐成长为一个有独立思考能力、有独立见解的人；有恒，就是坚持读书，读书不是一天两天、一年两年的事情，应该是恒久的事情，陪伴自己的一生。我很欣赏曾国藩先生说的这六个字。

我喜欢的十本书以及读书往事

读什么书，是一个非常重要的问题。有一句谚语："读什么书，成什么人。"对书的选择，就是对人生的选择。生命是很有限的，我们能够自己运用的时间也是很有限的，我们读了这本书也许就没有时间读那本书。所以，对书的选择是一件非常重要的事情，尤其是对孩子们，对年轻人，更是如此。

现在我们经常说有些人读书是一种功利性阅读，是浅阅读，是碎片化阅读，其阅读质量是不高的。真正有质量的阅读，是读有价值的书，是用心、安静地把一本书读到心里面去。古人有很多读书的经验，有一句话是这么说的："尽信书则不如无书。"这是经验之谈，不要认为那些装潢精美的书都是好书，都是"粮食"，都是"良药"，不一定。可能有很多是垃圾，甚至是毒药。读这样的书是浪费时间，浪费生命，甚至是对人生的一种误导。所以，对书的选择是一件非常重要的事情，一定要选择研读那些有价值的好书。

那么，什么是有价值的好书呢？

我跟一些读者朋友交流的时候，跟孩子们交流的时候，他们经常要求我为他们开列书单。我觉得这件事很难，什么是好书，尤其是问"什么是你认为最好的书"，我觉得我无法回答这个问题。在我的人生旅途上，不同的阶段、不同的年龄，我曾经喜欢过不同的书，你要让我推荐一本最好的书，我觉得非常难。

二十多年前，有一家报纸要我推荐十本书，编辑请了很多人，有科学家、教育家等不同领域的人，每个人推荐十本书，他说没有人拒绝。我仔细想一想，觉得我可以推荐十种不同类型的书，都是我喜欢的书，都是在我不同的人生阶段喜欢过的、影响过我的书。而且，我觉得作为一个中国人，作为一个爱书的读者，这些书都是值得读一读的，所以我就推荐了十本书，还简单地讲了推荐这十本书的理由。

今天，我想再一次推荐这十本书，由此也引出我的一些阅读记忆，引出我对读书方式的一点思考。当时推荐这十本书，我斟酌再三，我想要推荐中国的、外国的，古代的、现代的，但是十本书不可能包罗万象。最后推荐的十本书，每一本都是我读过且非常喜欢的，也是我认为所有爱书者都可以读一读、应该读一读的书。

这十本书中的第一本，是《唐诗三百首》，这是在中国家喻户晓、老幼咸知的经典读本。

在参加一些国际文学活动与外国作家交流的时候，我经常这么讲：作为一个中国作家，我很骄傲也很幸运，因为我的母语是汉语。我用汉字写作，汉字是人类语言中表现力最丰富、最奇妙的一种文字。我们的汉字是方块字、象形字，有人认为象形字是已经落后的文字，这完全是错误的看法，我们中国的文字三四千年一脉相承延续到现在，用到现在，这个文字的生命力从来没有中断过。我们中国的汉字，可以用最少的文字表达最丰富的情感，描绘最悠远辽阔的风景，表达人类最深刻的思想，这一特点充分体现在中国的古典诗词中，尤其是唐诗。唐诗最短小的五绝只有四句，每句五个字，一首诗二十个字。二十个字放在现在，作家有时候写一句话都不够，但是古人用二十个字就能写出一首内涵丰富、思想深刻的诗。

我举一个例子，大家都知道李白的《静夜思》："床前明月光，疑是地上霜。举头望明月，低头思故乡。"这首诗，现在读起来也是一首通俗易懂的诗，里面没有一个生僻的字，每一句话大家都懂。这首诗里有画面，有情景，有亮光，有人物形象，它表现的是一个游子在远离家乡的地方，看着天上的月亮，在月光中思念家乡，思念家乡的亲人。这个世界上只要有游子思乡，那么李白这首诗就能契合任何一个游子的心情，让人产生深刻的共鸣。仅仅二十个字，表达如此深挚幽远的情境，这是中国汉字创造的奇迹。

作为一个中国人，应该多读我们的古诗，多背一点古诗，不仅是唐诗、宋词、元曲，还有更早的诗经、楚辞、汉赋等。我们的古诗，就是用最凝练的文字表达最丰富的情感，描绘最美妙的风景。中国人的书卷气和外国人不同的地方，就在于我们的阅读储藏里有这样精粹美妙的文字，它们可以在我们的精神中散发出典雅美妙的气息。

我推荐的第二本书，是一部小说，中国人写的，曹雪芹的《红楼梦》。要推荐一部中国的长篇小说，这是不二之选，首先想到的一定是《红楼梦》。

我小时候曾经有过三个梦想，第一个梦想是当音乐家。我觉得音乐是人类艺术中最奇妙的一种，无形的音符可以把人类最丰富的感情表达得淋漓尽致。所以，小时候我喜欢听音乐，也梦想当音乐家，但我没有当成音乐家，不过直到现在我都是一个爱乐者，音乐陪伴我终生，只是没有成为我的职业。

第二个梦想也是关于艺术的。我喜欢绘画，梦想当画家。小时候一直迷恋绘画，直到现在依然喜欢。但是我也没能成为一名职业画家。

第三个梦想，是一个不可能实现的妄想，但和阅读有关。我的阅读生活开始得比较早，在我三岁的时候，哥哥姐姐就教会我识字，到五岁的时候，我大概认识两三千字，一个小学生要学的字，我都认识了。所以那时候出现的情况是，每一本书拿到手中，我发现自己都可以一行一行地往下读，一页一页地往下翻，可以走进书里，认识书中的人物，看到陌生的世界。这件事情的奇妙，是没有其他任何一件事情可以比拟的。那时候，脑子里产生了一个念头：我要把天下所有好看的书都找来读一遍。但这是一个不切实际的野心，是一个不可能实现的妄想。天下的好书浩如烟海，你穷尽一生，哪怕能活十辈子，也不可能把每本好书都读一遍。但是因为有了这个念头，寻找好书、阅读好书，就成为我一生的爱好，成为我的生活方式。直到现在我还在为这个梦想花费时间和精力。

小时候读《西游记》《水浒传》《三国演义》，读很多国外的小说，我都可以从头读到尾，尽管读不太懂，但是我可以读下去。唯独《红楼梦》，我曾经没读完。大概是上小学三年级的时候，我的一个上高中的姐姐从学校借了两本《红楼梦》，对我说："这是很有名的书，看你会不会喜欢它。"我曾经向姐姐夸口，我能读完任何一本好看的书。但是，我拿到《红楼梦》后读了几十页就读不下去了，我觉得书中的男男女女、琐琐碎碎的故事和情节，不是一个我这样的十来岁小男孩喜欢的。我把书还给姐姐，催着姐姐去换别的书，受到了姐姐的嘲笑。她说："《红楼梦》这么有名的书，你居然读不下去……"等我稍微长大一点，上了中学再读《红楼梦》时，感觉就不一样了。后来，到农村插队，在乡下一盏油灯下，把《红楼梦》读了好几遍。《红楼梦》确实是我们中国历史上最伟大的一部小说，里面塑造了多少人物，写了多少社会场景，多么丰富的人性和生活情景、细节，也关乎艺术，关乎诗，可以说是一部曹雪芹那个时代的"百科全书"。中国有很多非常优秀的小说家，但是没有一个作家狂妄到可以宣称自己的作品超过《红楼梦》。要推荐一部中国小说，首先想到的就是《红楼梦》。

第三本书，我想推荐一部外国的长篇小说，也是很难选择。我脑子里出现很多作家的名字，第一个出现的是托尔斯泰。托尔斯泰是俄罗斯伟大的作家，也是人类历史上最杰出的小说家之一，他一生写过三部伟大的小说《战争与和平》《安娜·卡列尼娜》《复活》。三部长篇比肩而立，难分高下。我推荐的是《复活》，这是托翁的最后一部长篇，也是三部长篇小说中篇幅相对较短的一部，但是也写得非常深刻。托尔斯泰对人性和道德的探索，在《复活》中得到了最充分的体现。小说写的是一个在生活中被侮辱被伤害的女性的人性复活，一个曾经放浪不羁、带着忏悔情绪企望救赎自己的贵族的道德复活。已经衰亡的过往和生命，复活很难，但文学还是可以为读者展现可能和希望。这是一部让人感动，也让人思考的小说。

我推荐的第四本书，还是一部外国小说。脑海里出现了很多作家的名字：雨果、巴尔扎克、马克·吐温、陀思妥耶夫斯基、狄更斯、司汤达、福楼拜、罗曼·罗兰、詹姆斯·乔伊斯、普鲁斯特、卡夫卡、海明威、福克纳、马尔克斯、胡安·鲁尔福……最终我推荐的是西班牙作家塞万提斯的小说《堂吉诃德》。这是我少年时代读过的书，一本让我难忘的奇特的书。离奇的故事，荒诞的人物，一个人在世界上追求不可能的事情。这种中世纪所谓的骑士精神很可笑，但是作品要表现的是人类的一种高贵的精神追求，对理想的锲而不舍。我后来注意到很多国外的书单推荐100本最伟大的小说，榜单中都有《堂吉诃德》，而且都名列前茅。我想这是天下读书人的共识。这是一部奇特的小说，也是一部伟大的小说，值得去读一读。

第五本书，我想推荐一本散文集，因为我这四五十年中主要是写散文，也阅读了大量散文。第一本出现在我脑海里的书是《飞鸟集》，这是印度作家泰戈尔写的一本薄薄的散文诗集。

小时候，因为有读遍天下好书的野心，所以追求读书的速度，读书非常快，常常是一本书拿到手，一口气读完，接下来就想换另一本书。这不是一个好的读书习惯。古人说读书要"三到"：心到、眼到、口到。胡适先生说读书要"四到"：眼到、口到、手到、心到。鲁迅先生说读书要"五到"：心到、口到、眼到、手到、脑到。其实，无论三到四到还是五到，意思都是差不多的。我小时候读书没有那么多到，以为只要眼到、心到，那么这本书就可以成为记忆。小时候我不愿意做摘抄，不愿意做读书笔记，觉得这是浪费时间。读到《飞鸟集》，觉得这本书非常神奇，优美的文字里面似乎隐藏着神秘的内容，每一段文字都吸引我，让我想猜测其中到底包含着什么，影射着什么。于是，我忍不住把《飞鸟集》抄了一遍。这是我在十几岁的时候，唯一一次把一本书抄写了一遍。《飞鸟集》的文字不多，都是短小的篇章，短的几十个字，长的也不过二三百字，我当时背诵了其中很多篇章，到现在，都还留存在记忆中：

　　在黄昏的微光里，有那清晨的鸟儿来到了我沉默的鸟巢里。

　　水里的游鱼是沉默的，陆地上的兽类是喧闹的，空中的飞鸟是歌唱着的；但是人类却兼有了海里的沉默，地上的喧闹，与空中的音乐。

　　杯中的水是光辉的；海中的水却是黑色的。

> 小理可以用文字来说清楚；大理却只有沉默。
>
> 我像那夜间之路，正静悄悄地听着记忆的足音……①

这样的文字，对一个十来岁的孩子来说，真是太神奇了。读《飞鸟集》，让我记住了一个印度作家的名字——泰戈尔。

小时候我有这样的习惯，每读到一篇好文章，或者看到一本好书，就会牢牢记住这个作家的名字，然后再去寻找他的别的书，这是一个非常好的寻找好书的路径，不会把你引入歧途。因为读这本书感动了你，打动了你，再读作者的别的书，常常是一样的好，甚至更好。我从《飞鸟集》认识了泰戈尔，然后去找泰戈尔的诗集、散文、小说、戏剧……可以说我读遍了泰戈尔被翻译成中文的书。《飞鸟集》是泰戈尔的代表作，虽是一本很薄的书，但意境深邃博大，值得一读。

第六本书，我想推荐一本中国作家的散文，第一个出现在我脑子里的名字是鲁迅。鲁迅先生是中国现代文学史上最伟大的作家，他是一座高峰，至今还没有人逾越这座高峰。鲁迅先生一生写作的主要文体是散文、杂文，以前我们谈鲁迅的杂文谈得多，在很多人的印象中，鲁迅就是斗士，他的杂文如匕首和投枪，掷向敌手的心脏。其实，鲁迅先生不仅思想深刻，情感也非常丰富，人类所有的情感在鲁迅先生的

---

① 此处译文选用郑振铎译本。

作品中都得到了表达。我想推荐鲁迅的散文集，一本是《朝花夕拾》，鲁迅写故乡和童年的一本书，其中很多文章被收入孩子们的语文课文。另一本是《野草》，也是一本散文诗集，非常薄的一本书，是鲁迅中年时期的作品，那时他处在苦闷中，在黑暗中寻找光明，但看不见光明在哪里，他把挣扎、寻找的过程用幽邃独特的文字表达出来，其中有奇幻的想象，有真挚的抒情，有深刻的隐喻，有发自内心的叹息和呼喊。《野草》是一本非同寻常的书，是黑暗中的火焰，是荒芜中的绿草，是鲁迅先生思想情感和艺术才华的极富个性的表达。第六本书，我还是推荐了《野草》。

第七本书，我想推荐一本外国作家的散文，想到的是美国作家亨利·戴维·梭罗的《瓦尔登湖》。这本书在我的少年时代、青年时代没读到，因为那时它还没有被翻译成中文。在上世纪八十年代初我读到了这本书，译者是徐迟先生，就是那位写《哥德巴赫猜想》的诗人，他的译笔非常优美。这本书是十九世纪的美国作家梭罗写的，他是一个哲学家，一个有才华、有思想的睿智的知识分子。他在乡间隐居了几年，就在瓦尔登湖边上亲近自然，谛听天籁，跟农民、渔夫、樵夫交朋友，跟天地间各种各样的植物和动物交朋友，他的视野和思绪中，糅合了天地间万类生灵的情感和气息，他把这种感受写成优美的文字。这是一本非常奇妙的大自然笔记。

美国人是喜欢读书的，他们有机构经常做国民阅读调查，征询读者喜欢读什么书。《瓦尔登湖》很多年来一直居于美国国民阅读调查表的前三位。这样的书让人沉静，让人懂得在天地之间人类是渺小的，微不足道的。人类面对大自然要有敬畏之心，大自然浩瀚博大，它孕育了万物，哺养了人类，人类不应该对大自然有亵渎冒犯之心。记得在读这本书的时候，我住在浦东，上班要坐一辆公交车穿过隧道，每天上午从浦东到浦西，傍晚从浦西回到浦东，那时候黄浦江上只有一条隧道，非常拥挤，经常会堵车。隧道里面有一辆车抛锚的话，那么整个隧道就堵塞了。公交车也是我读书的地方，坐隧道车，我通常站在售票员的边上，那儿有一盏灯，我就在这盏灯下读书，每天如此。有一次，我坐在车上过隧道的时候，手里拿的书就是《瓦尔登湖》。那天隧道里有一辆车抛锚，整个隧道就堵塞了，汽车停在那里寸步难行，堵了一个多小时，车上一片抱怨和喧哗，乘客们都觉得无法忍受，有些人甚至想打开车门从隧道里走出去。这时，我却沉浸在《瓦尔登湖》向我描绘的奇妙情境中，对周围发生的事情竟然毫无所知，堵车一个多小时，我感觉只有几分钟。

第八本书，我想到的是巴金先生的《随想录》。巴金先生是我们熟悉的作家，他是中国当代的伟大作家，也是一个一辈子执着地追求真理的知识分子。他年轻时代写的"激流三部曲"《家》《春》《秋》影响过好几代读者，很多人是读着巴金的书离开家庭去追寻真理，去投奔革命的道路的。巴金晚年写《随想录》，是对一个时代的深刻反思，也是对灵魂的自我解剖，有振聋发聩的力量。我觉得《随想录》是巴金著作中最有价值的作品。

我认识巴金的过程，非常有意思。大概是上小学三年级的时候，我读到一本爱尔兰作家王尔德的童话《快乐王子》，很喜欢。《快乐王子》的故事，可以说家喻户晓，一个早夭的王子，被雕成一座石头雕像，但他有感情，会流泪，心里充满爱和同情，想着帮助那些受苦受难的人。这个童话把人类的爱和同情，用这么奇特的故事表现出来，让我感动，也让我难忘。我记住了王尔德的名字，想去找他的书，可在那个年代，我无法找到王尔德的书。我发现这本书的封面上还有一个作家的名字，就是翻译这本书的中国作家，他的名字叫巴金。于是我去找巴金的书。巴金的书，一找就找到了。上个世纪六十年代，我上小学和初中时，基本上读遍了可以找到的巴金的书，他的长篇小说、中篇小说、散文、随笔，还有他在法国留学时写的那些日记，他于五十年代初到朝鲜去慰问志愿军回来写的散文、报告文学和小说，我都读了。小时候读书有一个习惯，一边读书，一边在心里问为什么，为什么作家要写这本书，为什么会写得这么生动，为什么会让我忍不住流泪？又或者，为什么这本书我读不下去？有些书会读不下去，但不是巴金的书。我一边读书一边揣摩作家的心思，想象他是一个什么样的人……读完一本书，我往往会觉得自己认识了这位作家，尽管没有见过面，有些也不可能见面。因为作者是古代的，或是外国人，早就不在人世了，但是我读了他的书，就觉得我好像已经与他认识了。巴金的书，巴金的小说，那时候不是我最爱读的文字，不是说他写得不好，而是因为巴金的小说都是写苦难时代、黑暗年代，写知识分子追寻真理、追求幸福，但是到处碰壁，大多是悲剧。这样的悲剧故事，对一个十几岁的孩子来说太过沉重了。读巴金的书时，我也揣摩他的心思，也想象他是一个什么样的人。巴金的作品，给我的感觉是，这个作家是一个善良的人，他想驱除世间的黑暗，让人间变得更美好，但他也很无奈。他对这个世界，对人，充满了善意。"文革"期间，巴金被打倒，被批判，有些人用世上最恶毒的言辞批判谩骂他，说他的作品都要把人引向黑暗和死亡。但是，那些批判和谩骂，并没有将我心里的那个作家打倒，因为我读过他写的文字，我相信他是一个善良的作家，有一颗善良的心，他并不是人们用恶语涂抹的那个样子。

十年动乱结束，巴金重新开始写作，他以真诚的态度和巨大的勇气，回顾反思历史，把历史的真相展示给后人，也把一个知识分子的心路历程真实地展现在读者面前。巴金晚年写下的《随想录》，是一个正直的知识分子对历史的回顾，对过往岁月的真实描述。更令人感动的是他那种反思精神，他对自己灵魂的解剖是那么无情、那么深刻，这样的反思在作家里面是非常少的。巴金也在书中写亲情，写对妻子的怀念，对朋友的怀念，那是真挚的情感流露，让人感动。他对自己灵魂的解剖，读来让人心灵震撼，这种震撼，在我小时候读法国作家卢梭的《忏悔录》时曾经有过。一个作家的真诚、坦率，就像鲁迅先生讲的，真正的现实主义就是把自己的灵魂亮出来给别人看。这是需要勇气的。巴金的《随想录》，就是一本把自己的灵魂亮出来给别人看的书。中国的读者，尤其是年轻一代的读者，应该读一读巴金的《随想录》，读这样的书，可以知道近现代中国曾经有过怎样的历史，我们在走向现代化的旅途上，曾经发生过多少荒诞的事情。从中也可以看到一个作家的赤子之心，看到中国知识分子的良心。

第九本书，我想推荐一本传记。有很多传记是值得年轻人读一读的，看看那些历史上的风云人物如何创造历史，那些改写了历史的伟大先行者、先贤，是怎么走过来的，是怎么成功的。我觉得读这样的书不仅励志，也可以从中感悟到很多人生哲理。有很多这样的书可以推荐，我推荐的是《马背上的水手》，是美国作家杰克·伦敦的传记，这本书的作者是美国的传记作家欧文·斯通。

欧文·斯通是一位非常优秀的传记作家，一生写了二三十部世界文化名人的传记，其中最打动我的还是这本《马背上的水手》。杰克·伦敦是美国一位非常重要的作家，他的人生富有传奇色彩，他进过监狱，做过苦工，当过水手，有过各种各样的探险经历。欧文·斯通在《马背上的水手》这本书里，把杰克·伦敦的人生故事写得跌宕起伏，引人入胜。欧文·斯通和杰克·伦敦是同乡，欧文·斯通大概13岁的时候，杰克·伦敦离开人间。欧文·斯通从小就崇拜杰克·伦敦，收集了很多杰克·伦敦的故事，以及和他有关的各种材料和文字，所以这本书写得详尽、真实、生动。杰克·伦敦写过一部自传性质的长篇小说《马丁·伊登》，也是他的一部重要作品。当年我在读《马背上的水手》的时候，同时读杰克·伦敦的《马丁·伊登》。这两本书对照着阅读，非常有意思，一本是一个传记作家写杰克·伦敦的人生故事，一本是杰克·伦敦自己写自己的人生故事。对一个作家的了解，因为这两本不同体裁作品的对照阅读而不断深入。那时候我还是一个少年，现在还记得当时阅读的那种愉悦感。我们读传记，当然不只是读《马背上的水手》，还有很多优秀的传记作品，那些对人类有贡献的伟大人物的传记，都值得我们读一读。欧文·斯通晚年还写过一本非常有影响力的书，在上世纪八九十年代曾风靡中国，就是他写的画家凡·高的传记《渴望生活》。

第十本书，我想推荐一本与哲学有关的书。两本书放在我的面前，令我犹豫不定。

一本是英国哲学家罗素的薄薄的哲学小册子《西方的智

慧》。罗素是一位哲学家，他用文学的笔触阐述介绍西方的哲学，赢得大量读者，因此获得诺贝尔文学奖。他曾经花很多精力写过一部《西方哲学史》，是一部篇幅浩繁、专业性极强的巨著。书出版后，因为是阳春白雪，曲高和寡，应者寥寥，没有出现预期的轰动效果。罗素不甘心，又写了一本小册子，用极富个性的文学语言介绍西方哲学，即《西方的智慧》，写得文采斐然，生动耐读。这本小册子获得了极大的成功，被翻译成很多种语言，成为他一生中被人阅读最多的一本书。读这本书，对西方的哲学源流和各种哲学流派会有清晰的了解。

另外一本书，是冯友兰先生的《中国哲学简史》。冯友兰先生写这本书的时候不到30岁，当时他在美国读博士，这本书是他的博士论文，是用英文写的。用英文出版后，他自己再把这本书翻译成中文。现在读这本书，让人觉得不可思议，一个年轻的中国学者，在美国用英文写中国古代哲学史，真是了不起。冯友兰先生的这本书也是我很喜欢的一本书，他把中国哲学从春秋战国一直写到近代，介绍得非常清晰。历来有一种说法就是"中国没有伟大的哲学家"，特别是近两百年来，中国没有出过一个影响人类的大哲学家。伟大的哲学家、新的哲学思潮都出现在西方。外国人这么说，有很多中国人也这么认为。如果你读一读冯友兰先生的《中国哲学简史》，就会明白不是这样的。2001年我访问欧洲，在德国接待我们的一个德国哲学家这么跟我说：现在美国的文化像洪水一样泛滥，几乎没有一个地方能够阻挡这洪水的冲击，世界上只有一个国家有可能阻挡这洪水的泛滥，这个国家就是中国。我问他为什么这么看，他说："因为你们中国有古老而生生不息的文化，有自己的哲学，中国两千多年前就出现了人类历史上最伟大的哲学家。"听他这么说，我很感动，一个西方哲学家对我们中国的哲学有这么高的评价，但是我心里觉得有点悲哀，因为在中国，大部分人都没有这样的认识。现在，情况有了改变，中国人重视文化自信，其中很重要的内容就是我们的历史文化。我们中国的文化在人类历史上，有着非常崇高的地位。我们中国两千多年前就出现了一大批哲学家，在当时达到了人类哲学思考的一个巅峰，孔子、庄子、老子、墨子、韩非子、孟子、孙子……这些哲学家，用诗的语言阐述了人类对世界、对天地万物的思考，这种思考到现在都还没有过时，还没有被超越。

那么，是推荐一本中国的书，还是推荐一本外国的书？我犹豫了很久，最后推荐的是罗素的《西方的智慧》。其实这个推荐书单发表后，我是有点后悔的，我觉得第十本书应该推荐冯友兰先生的《中国哲学简史》。但是我说过，推荐这十本书，只是一些不同类型的书，可以举一反三，再寻找到其他的好书。

这就是我推荐的十本书。这些书，只是我个人阅读经验的极小的一部分，世界很大，值得我们去读的好书浩如烟海，穷尽一生也不可能读完。但一个真正的读书人，不会面对着茫茫书海束手无策，我们可以用自己的眼光，挑选其中最有价值的好书，用我们有限的时间，尽可能多地阅读佳作。文明人类的历史、智慧和情感，凝聚在无数经典的书籍中，生而为人，如果不去寻找这些书，不去阅读这些书，那是多么遗憾的事情。

阅读照亮了我的人生

我的人生、我的生活，大半辈子和书连在一起，找书、读书、写书，成了我的人生方向，成了我的生活方式。如果没有书，没有对阅读的热爱和坚守，我不会有今天。五十多年前，我中学刚毕业，一个人到故乡崇明岛插队落户，那是我人生的第一课，也是这一生中最迷惘无望的时刻。在贫穷偏僻的乡村，物质匮乏，生活艰苦，劳动繁重，曾经觉得自己很孤独，生不逢时，没有前途。但是，有一件事情改变了我的心情，使我有了活下去的希望和勇气。那是什么？是书。我带去农村的书很少，但我非常幸运，在那个没有电灯、吃不饱饭的小村庄里，我居然得到很多书。善良的农民知道我喜欢读书，他们把家里所有的书都找来送我，在一个被废弃的乡村学校图书馆，我找到了很多书，其中有不少

古今中外的经典名著。有了这些书，我插队的日子不再那么
无望，我的精神状态发生了变化，渐渐告别颓丧，变得振
作。为什么？因为，生活变得有了期盼。白天在田野干活，
从早到晚，干得精疲力竭，还忍着饥饿。但是，只要想到收
工后，可以回到我的那间简陋的草房，点燃一盏油灯，在昏
黄跳动的火光中，有一本我喜欢的书在那里静静地等着我，
心里就会充满喜悦，觉得所有的苦和累都可以忍受。我的写
作生涯，也是从那个时代开始的。我经常会回想起年轻时代
的这段经历，这种回忆，使我更加珍惜作为一个读书人所拥
有的机会和权利。这机会和权利，就是寻找好书，阅读好
书。上世纪九十年代初，我曾经写过一首诗，题目为《你们
不会背叛我》，这首诗有一个副标题：致我读过的好书。我
朗读一下这首诗，作为这次讲座的结尾吧。

你们不会背叛我

　　——致我读过的好书

是的，假如有一天

所有的朋友都离我而去

你们不会背叛我

永远不会，永远不会

你们已经铭刻在我的心里

已经沉浸在我的记忆中

在我思想的每一个角落

在我情感的每一根血管

你们无所不在，无时不在

任何力量无法驱赶

你们博大美妙的形象啊

……

在黑暗的夜间

你们是灿烂的星辰

照耀我漫长的旅途

崎岖道路上哪怕只剩我一个人

被你们的光芒引导着

我不会寂寞，不会迷失

我的患难与共的朋友啊

怎能忘记在黑暗中

我们亲密无间交谈

远离了那些仇恨的眼睛

只要一束油灯的微光

就足以载我随你们远走高飞

去寻找我憧憬的境界

我梦中奇妙的美景

……

是的，你们不会拒绝

任何人的求援和邀请

不管是豪华辉煌的宫殿

还是简朴寒酸的茅屋

你们都乐于访问

如果遇到知音

便敞开襟怀，一吐心曲

决不会有丝毫保留和矜持

如果只是虚伪地敷衍

视你们为附庸风雅的装饰

可有可无的门客

你们就永远紧闭心扉

成为千古不解的迷津

……

当世界喧嚣不安

浮躁的人群如碌碌蝇蚁

如采蜜的蜂群飘飞不定

你们却沉静如无风时的秋水

让我在澄澈的水面上

照见自己孤独的身影

我可以投身于你们的怀抱

在浩渺的碧波中奋臂远游

洗尽身上的尘埃

充实虚空的心灵

当我被颓丧的烟雾笼罩

你们也会化作轰鸣的惊雷

把我从消沉中震醒

你们是我的路，我的航道

我的生生不息的绿洲啊

……

我用目光默默地凝视你们

我用思想轻轻地抚摸你们

我用心灵静静地倾听你们

我的生命因你们的存在而辉煌

我的生活因你们的介入而多姿

岁月的风沙可以掩埋我的身骨

却永远无法泯灭你们辐射在人间的

美丽精神啊

……

2022 年 4 月 23 日于四步斋

你好！上海

上海，在长江的入海口，是一个依江沿海的城市。她是中国最大的城市，也是世界著名的国际大都市。上海的发展和变化，是中国近代和现代历史的一个缩影。人们经常这么说：要想了解中国这一百多年的历史，就应该到上海来看看。

据说，上海的前身只是一个小小的渔村。上海简称"沪"，这个"沪"字，在古代汉字中，是一种捕鱼的工具。一个小渔村，变成远东最大的都市，变成一个国际大港，可与纽约、巴黎、伦敦、罗马、柏林、东京等世界名都媲美，这是怎样的一种奇迹！

上海作为一个现代化城市，时间并不算长。然而要追溯她的历史，却要追溯到四五千年前。在上海的郊区青浦、松江等地，出土的玉器、陶器和古人的生活用品和劳动工具，都是远古时代留下来的，那是人类文明史的一部分。

上海有两条母亲河，一条是黄浦江，另一条是苏州河。

黄浦江雄浑宽阔，穿过城市，流向长江，汇入海洋。黄浦江畔的外滩，荟集着世界各国不同风格的建筑，它们的年龄，已经将近百年。外滩的建筑，饱含着丰富的历史记忆，它们曾经是上海的象征。外滩对面的浦东，以前曾是荒凉之地，但最近几十年，浦东已经成为举世瞩目的新城，这里发生的变化，是新中国创造的奇迹。新生的浦东陆家嘴，成为国际金融中心，那里崛起的一座座摩天大楼，和对岸的外滩老建筑，形成鲜明的对照。

黄浦江两岸，曾经是上海的港口码头，现在，黄浦江两岸已经成为供市民散步休息的滨江花园。今天的上海，是世界闻名的国际航运中心，新建的上海洋山深水港，是世界上最大的集装箱码头，连接着五洲四海。

苏州河，只是黄浦江的一条支流，但她和上海这座城市的关系，却似乎更为密切。她曲折蜿蜒地流过来，流过月光铺地的沉睡原野，流过炊烟缭绕的宁静乡村，流过兵荒马乱，流过饥馑贫困，流过晚霞和晨雾，流过渔灯和萤火，从荒凉缓缓流向繁华，从远古悠悠流到今天。她流过上海的腹地，流过人口密集的城区，流出了上海人酸甜苦辣的生活……

苏州河哺育了上海人，而上海人却将大量污浊之物排入河道。老人们记忆中的苏州河，更多的是混浊。苏州河退潮时，浑黄的河水便渐渐变色，最后竟变成了墨汁一般的黑色，而且散发着腥臭，污染了城市的空气。这条被污染的母亲河，曾经是上海人眼帘中的窝囊和心里的痛。她就像一条不堪入目的黑腰带，束缚着上海，使这座东方的大都市为之失色。

经过多年的治理，被污染的苏州河已经渐渐恢复了她清澈的原貌。现在，苏州河重新成为上海的美丽风景。苏州河两岸，成了花树繁茂的花园。过端午节时，人们在苏州河里举办龙舟比赛，波光粼粼的河面上，鼓声震天，万桨挥动，两岸是欢声雷动的人群。上海人为自己的母亲河恢复青春的容颜而欢庆欣慰。

上海曾经被世人称为"万国建筑博览会"，这和上海的独特的历史有关，上海是中国最早大规模向世界开放的城市，人类创造的各式各样的文化都涌进了这个城市。其中最显眼、最持久的，便是建筑。如果要用一个词语来概括上海的建筑风格，大概只能用"千姿百态"来形容。有一位上海本土画家，曾经尽自己所能，把他在上海见到的不同风格的楼房绘入画册，这个爱好，几乎花费了他毕生的精力，尽管画册已经堆得像小山，然而他只是画了大上海的几个小小的角落。他说："上海是一个海，我只是划着小木船航海的渔夫……"

上海也曾有古城，新城的扩展摧毁了古老的城墙。古城墙内，是上海的老城区。从残存的古城墙出发，走不了多远就能到豫园。只要一进入那扇朱漆铜环的木门，我就会忘记了自己是在上海。小桥流水，亭台楼阁，石船假山，幽林古树，和围墙外的现代建筑形成强烈的反差。眼前的景象，让人仿佛走进了《红楼梦》，走进了苏州的园林，走进了遥远的历史……在山石荷池和曲径回廊之间，有古时才子佳人的歌吟，也有硝烟和刀光剑影，有入侵者的狂笑和被杀戮者的哭喊，也有奋起反抗的勇士们的呐喊……这里有艺术，有古代上海人的聪明和智慧，也有历史的回声。这座纯粹的中国古园林的兴亡盛衰史，大概可以看作上海这一二百年历史的一个片段和缩影。

在上海还有很多老式的石库门弄堂。这种砖木结构的住宅楼，也是上海特有的建筑。现代中国的很多重要历史，就发生在上海的石库门建筑中，1921年，中国共产党就诞生在一幢石库门楼房中。

石库门建筑，无论是外表，还是内部，都别有一番情调。石库门里的炊烟、人声、邻里之间的欢声笑语和嘈杂吵闹，构成了都市里的乡村风景。随着城市建设的发展，很多石库门建筑被陆续拆除，越来越多的上海人搬进了新的楼房。也许，将来有一天，石库门会进入上海的博物馆，我们的后人会对着这些古旧而亲切的老房子，发出惊奇的感叹：哦，我们的前辈以前就住在这样的房子里！

人民广场在上海的市中心，这里从前曾经是跑马场，现在和旁边的人民公园一起，成为人们游览休闲之地。上海博物馆和大剧院在人民广场两边相对而立。上海博物馆状如古老的青铜鼎，却洋溢着现代精神，这是将古老的中国风格和现代观念相结合的美妙之作。大剧院是一座辉煌的水晶宫，也像一尊展翅欲飞的现代派雕塑。这两幢风格完全不同的建筑相对而立，可谓中西撞击，古今交融，展示着现代人的想象力。

上海有无数条街道，街道就像人一样，每条街道都有自己的个性和特色。南京路，淮海路，四川路，福州路，愚园路，武康路……每条街道都有自己的故事。

南京路，是上海最热闹的一条路。南京路上也有许多古老的建筑，每一座大楼都有悲欢盛衰的历史。然而这里最奇妙的风景，是南来北往的人。这条路，是全世界所有道路中行人最密集的一条路。把它载入世界吉尼斯之最大全，应该当之无愧。初来上海的外地人，第一次走到南京路上，无不流露出惊奇的目光。这里是一个人的汪洋大海。到人群中挤一挤，被素不相识的行人推着撞着，沿着南京路走向外滩，使自己成为这茫茫人海里的一滴水，是体会做上海人的必不可少的节目。如果是在国庆节之夜，南京路会和上海所有的街道一起，变成一条条灯的江河，这时，路上的行人就像无数喜气洋洋的鱼，在晶莹璀璨的波涛中游来游去……

以前，上海没有地铁。地铁对上海人来说，是一个遥远的梦。很多年前，外国专家曾经在上海做过建造地铁的可行性勘察，他们的结论是："在地质疏松的上海造地铁，好比在豆腐里打洞，不可能！要想在上海造地铁，必须在地球上另外找支点。"然而上海人并没有因此而停止了美妙的地铁梦。最近这几十年中，上海人地底下奇迹般地建成了一条又一条地铁。现在，上海已经成为全世界地铁最发达的城市，上海地铁线路总长度在全球名列榜首。

海纳百川，是上海的风格。这座城市，不仅是中外文化的交汇地，也融合了全国各地的风俗民情。吃在上海，上海的小吃种类丰富。全国各地的名菜佳肴，在上海都找到了落脚点。但是上海人更钟情这里特有的点心小吃，大饼油条豆浆，生煎馒头小笼包，酒酿圆子八宝饭，崇明岛的米糕米酒……

看一座城市的变化，最重要的，应该是人的变化。

有人说，在中国，"穿在上海"。对这样的说法，只要到上海街头去看看，便能知道确切与否。从前，曾有外国人把中国称之为"蓝蚁之国"，路上行人穿的清一色的蓝布服装，而且几乎是男女无别，上海也不例外。如今，"蓝蚁之国"早已是一个遥远的历史名词了。上海街头的人流是彩色的，人们正在通过服装来表现自己的个性。尤其是女性，穿着打扮千姿百态，很难在她们身上找到相同的装束。在上海姑娘的身上，可以看到求新求美的潮流，她们身上展示的，不仅有新的中国时装，也常常能看到世界各地的最新时装。

在晨雾和曙色中早锻炼的人们，也是上海滩上极富诗意的景象。在路上，在公园里，在弄堂里，在住宅的阳台上，在一切可以伸展肢体的场所，都能看到运动的人群，人们跑步，做操，打太极拳，男女老少，各自以不同的方式叙述对生命的热爱……

上海的晨昏日暮，上海的春夏秋冬，都有迷人的风景。如果你乘飞机夜航，从空中俯瞰上海，你会看到一个神话一般的世界，墨色的夜空被地面的灯光映照得通红透亮。天幕之下，灯的江河在流淌，灯的湖泊在荡漾，灯的汪洋大海在起伏汹涌，地平线上，灯的丘陵逶迤，灯的峰峦相叠，灯的崇山峻岭绵延不绝。变幻无穷的灯光，用无数直线和曲线，用斑驳陆离的色块，勾勒出无数幅印象派的巨画……仿佛全世界的珍宝此刻都聚集在这里，汇合成一个童话的世界，一个给人无穷遐想的天地。

上海，是一个把梦想和现实融合在一起的美妙城市。

天上和人间

那是一个秋日的下午，我身在塞尔维亚。贝尔格莱德的国际书展，新书如斑斓秋叶，在眼帘中缤纷闪烁。我被人簇拥着漫步在争奇斗艳的书柜之间，有点惶然失措，不知看什么书才好。那些用我不认识的文字印成的书籍，对我来说好比天书，看不懂。而这个国际书展上，也有我的一本小书要首发，这是一本被翻译成塞尔维亚文的诗集《天上的船》。我跟着这本诗集的译者、塞尔维亚前宗教部长、诗人德拉甘先生，穿行在书海和人流中。要在茫茫书海中找到为我举办首发式的场地，不是一件容易的事。

走过一排书柜时，我似乎听到一个女人的声音从地下传来："Mr. Zhao！Mr. Zhao！"这声音细微而清晰，仿佛是来自很深的地底下。"Mr. Zhao"，难道是在和我打招呼？周围并没有熟悉的人。那声音不停地从地下传来，竟然还喊出了我的名字。

我循声低头看去，不禁吃了一惊。在一个书柜下面，有一位佝偻成一团的女士，坐在一辆贴地而行的扁平轮椅上，正仰面和我打招呼呢。

这是一个高位截瘫的残疾妇女，她没有双腿，小小的躯干举着一颗大大的脑袋，还有一双挥动的手。她费力地抬头看着我，瘦削的脸上，两只深陷的眼睛闪烁着清亮的光芒，这目光使她的表情显得快乐而开朗。她看到我注意她，咧开嘴笑了笑，随后吐出一连串我听不懂的语言。看她激动兴奋的样子，我感到莫名其妙。她在对我说些什么？

站在我身边的德拉甘先生却跟着这位女士一起激动起来。他告诉我："这是一位诗歌爱好者，她从国家电视台的新闻节目中看到你，她祝贺你在斯梅德雷沃获得金钥匙国际诗歌奖呢。她说，她听到你用中文朗诵诗歌了，很动人。她很高兴是一个中国诗人获得这个奖，她全家人都为此高兴。"

德拉甘为我翻译时，她还在继续说着。德拉甘俯身问了她几句，抬头对我说："她说，她正在读你的诗呢。"

我低头凝视这位没有双腿的女士，看着她真挚的微笑和兴致勃勃的表情，她的声音如同从地下涌出的喷泉，在我的耳畔溅起晶莹的水花。我无法用言语描述我的惊奇和感动。这位活得如此艰辛的残疾女士，居然还有兴致关心诗歌，居然还能从人群中认出我这个外国人，并呼叫出我的名字，实在不可思议。只见她从轮椅边挂着的一个小包中拿出一本书，蓝色的封面上，波涛汹涌，白云飞扬，这正是我在这里刚刚出版的诗集《天上的船》。

她请我为她签名。我俯下身子，在诗集的扉页上写下"宁静致远"四个字。她看着这些她并不认识的汉字，脸上露出满足的微笑。

我们离开时，她的声音继续从后面的地下传过来。我不忍回头看她。德拉甘叹了口气，感慨道："她在为你祝福呢。"

我在人海中往前走着，去寻找举办诗集首发式的场地。我的心情突然变得有点沉重。她的模样和声音，在我的眼前晃动……我不知道她是什么人，不知道她为什么原因残废，不知道她的生活状况，不知道她如何面对残酷的现实。她的生存，也许是一个传奇，也许是一个辛酸的人间悲剧。然而毫无疑问，这是一个热爱生命的人，她在为诗而迷醉的时候，生命在她的眸子里燃烧出奇异的光芒。

诗集的首发式，来了不少人。我站在人群前面，目光情不自禁地投向地面，但是没有看到她。首发式很热闹，有人朗诵，有人提问，也有人索要签名……而我的眼前，依然晃动着她残缺的身体，还有那双闪烁着清亮光芒的眼睛。我的耳畔，久久回旋着她来自地下的声音，我想，这样的声音，和很多不同的声音混合，交织着人间的悲喜忧乐。这是人间的声音。

诗人可以坐上飞翔的船，去逐云追月，自由翱翔于奇思妙想的天空，然而不可能飞离人间。和心灵联系的，应该是脚下的大地，是生活着的人间。来自人间的声音，才是诗的灵魂和根。

2013年12月7日于四步斋

（原文刊于2014年2月11日《人民政协报》）

走进这座巍峨的大山[①]

二十多年前，曾经有报刊给我出题，要我推荐人类有史以来最伟大的十部小说。中国的小说，我首先想到的是《红楼梦》，外国的小说家，第一个出现在脑海里的，就是托尔斯泰。然而选他的哪一部小说，却使我感到为难。《战争与和平》《安娜·卡列尼娜》《复活》，三部小说都是伟大的作品，选任何一部都不会辱没了这个小说的排行榜。我最后还是选了《复活》，不过加了一个说明：托翁的这三部小说，难分高下，都可以入选。面对托尔斯泰和他的作品，再狂妄自大的家伙，也不敢发出不恭敬的声音。"伟大"这样的形容词，曾经被人用得很随便、很泛滥，用来形容托尔斯泰，

[①]本文是为人民文学出版社出版的《托尔斯泰中短篇小说全集》所撰序文，刊发于2021年8月20日《光明日报》。

却是妥帖的。

托尔斯泰的形象，和他的小说，似乎有些对不上号。照片和雕塑中的那个满脸胡子的老人，更像是一个普通的俄罗斯农夫。托尔斯泰是贵族，是大地主，但对贵族的头衔和田地钱财他看得很轻。他把土地分给农民，让农奴们恢复自由，自己也常常穿着粗布衣衫，操着农具，和农民一起在田野里劳动。但是他的小说中表现的，却是那个时代知识分子最沉重最深刻的思考，他的小说中展现的宽阔雄浑的场景和丰富多彩的人物，让人叹为观止。他是一个小说家，也是一个哲学家，读他的那些哲学笔记，我也曾被他深邃的思想震惊。不是所有的小说家都在这样锲而不舍地寻找真理，探索人类的精神。他追求的是人与人之间的平等，希望人心向善，希望正义和善良能以和平的方式战胜邪恶。他是一个理想主义者，并用自己的所有的生命和才华去追求这理想，尽管这理想在他的时代犹如云中仙乐、空中楼阁。当然，我更喜欢读他的小说，他的向往和困惑，在小说中化成了有血有肉的人物，化成了让人叹息沉思的曲折人生。

如果认为托尔斯泰只写长篇小说，那就大错特错了。托尔斯泰一生写的中短篇小说，和其他篇幅不长的散文、特写、随笔、日记，不计其数。它们的数量和篇幅，也许远超托尔斯泰的长篇小说。人民文学出版社这次出版的由草婴翻译的托尔斯泰中短篇小说全集，篇幅浩瀚，有洋洋洒洒七卷之巨。它们的题材和内容极其丰富，几乎容纳涵盖了托尔斯泰一生的经历和追求。这七卷中短篇小说的编排，没有以写作时间为序，而是根据不同的主题集合成卷。第一册《回忆》，是托尔斯泰的自传文字。多年前，人民文学出版社曾经出版过其中的三部曲《童年·少年·青年》，这是托尔斯泰早年的代表作。读这些回忆的篇章，可以生动地了解托尔斯泰最初的才华展露和精神成长。第二册《高加索回忆片断》，所选篇目都与托尔斯泰在高加索的经历有关，他在高加索亲历的战争生活，他对高加索问题，对战争问题的思考。第三册《两个骠骑兵》，作品多为军旅主题，表现俄罗斯贵族在军营中的哀怒喜乐，是了解俄国社会生活的一个特殊视角。第四册《三死》，所选作品都与死亡有关，如《三死》《伊凡·伊里奇的死》《费多尔库兹米奇长老死后发表的日记》，思考死亡，表现死亡，其实也是对生活和生命的思考，托尔斯泰把自己对死亡的深邃见解，通过小说的人物故事，生动地传达给了读者。第五册《魔鬼》，并非写妖魔鬼怪，而是以欲望为主题的选篇，因其中有题为《魔鬼》的作品而取名。小说写的是情欲、财欲和权力之欲，思考的却是人类的生存境况和命运走向，也传达了托尔斯泰的人生观。第六册《世间无罪人》，所选作品多与俄国社会问题有关，既有作家对俄国社会问题的关注，也有对人性的思考，表达了托尔斯泰对故土和人民的热爱。第七册《苏拉特咖啡馆》

是哲思主题的选篇。托尔斯泰是一位思想家，他一生都在做哲学的思考，晚年写过很多谈哲学的文章。而收在这里的小说，是以丰富多彩的故事、日记、人物对话以及别具一格的寓言，传达了作家对生命之旅、对生活之道的探寻求索，对人类终极问题的深邃沉思。读这些小说，可以看到托尔斯泰是如何把他的哲思巧妙地融入了自己的小说。

托尔斯泰的中短篇小说，还是第一次如此完整系统地呈现给中国读者，通过这些作品，我们可以对这位文学巨匠有更全面和深刻的了解。托尔斯泰是一位创作态度极为严谨的作家，作品无论长短，他都一样用心对待。他曾经在为莫泊桑的小说集写的序文中，宣示自己的创作观。他认为对任何艺术作品都应该从三个方面去评判：一是作品的内容，必须真实地揭示生活的本质，"作者对待事物正确的，即合乎道德的态度"；二是作品表现形式的独特和优美的程度，以及与内容的相符程度，"叙述的畅晓或形式美"；三是真诚，即"艺术家对他所描写的事物的爱憎分明的真挚情感"。他认为，作家是否有真诚的态度，是决定作品成败的关键。他用这三个标准批评他人的作品，也用这三个标准指导自己的创作。读托尔斯泰的中短篇小说，和读他的长篇小说一样，我们都能感受到他所遵循的这三条原则，感受到他的正直、独特和发自灵魂的真诚。这也许正是托尔斯泰成就他非凡的文学人生的秘诀。

中国读者能如此完整地读到托尔斯泰的中短篇小说，要感谢翻译家草婴先生。草婴这两个字，在我心里很早就是一个响亮的名字，从小学时代开始，我就读过他翻译的苏俄小说，他翻译的长篇巨著《静静的顿河》和《新垦地》，让中国人认识了肖洛霍夫。草婴的名字，和很多名声赫赫的苏俄大作家连在一起，莱蒙托夫、托尔斯泰、巴甫连科、卡塔耶夫、尼古拉耶娃……在中国的俄罗斯文学翻译家中，他是坚持时间最长、译著最丰富的一位。

四十年前，我刚从大学毕业，分在《萌芽》当编辑，草婴的女儿盛珊珊是《萌芽》的美术编辑，她告诉我，她父亲准备把托尔斯泰的所有作品全部翻译过来。我当时心里有点吃惊，这是一个何等巨大的工程，完成它需要怎样的毅力和耐心。托尔斯泰的长篇小说，在草婴翻译之前，早已有了多种译本。然而托尔斯泰小说的很多中译本，并非直接译自俄文，而是从英译本或者日译本转译过来，经过几次转译，便可能失去了原作的韵味。草婴要以一己之力，根据俄文原作重新翻译托翁所有的小说，让中国读者能读到原汁原味的托尔斯泰，是一个极有勇气和魄力的决定。草婴先生言而有信，此后的岁月，不管窗外的世界发生多大的变化，草婴先生一直安坐在他的书房里，专注地从事他的翻译工作，把托尔斯泰浩如烟海的文字，一字字、一句句、一篇篇、一部部，全都准确而优雅地翻译成中文。我和草婴先生交往不

269

多，有时在公开场合偶尔遇到，也没有机会向他表达我的敬意。但这种敬意，在我读他翻译的托尔斯泰作品时与日俱增。2007年夏天，《世界文学》原主编、翻译家高莽在上海图书馆办画展。高莽先生是我和草婴先生共同的朋友，他请我和草婴先生为他的画展开幕式当嘉宾。那天下午，草婴先生由夫人陪着来了。在画展开幕式上，草婴先生站在图书馆大厅里，面对着读者慢条斯理地谈高莽的翻译成就，谈高莽的为人，也赞美了高莽为几代作家的绘画造像。他那种认真诚恳的态度令人感动，也让我感受到他对友情的珍重。在参观高莽的画作时，有一个中年女士手里拿着一本书走到草婴身边，悄悄地对他说："草婴老师，谢谢您为我们翻译托尔斯泰！"她手中的书是草婴翻译的《复活》。草婴为这位读者签了名，微笑着说了一声"谢谢"。高莽先生在一边笑着说："你看，读者今天是冲着你来的。大家爱读你翻译的书。"那天画展结束后，高莽先生邀请我到他下榻的上图宾馆喝茶，一边说话，一边为我画一幅速写。高莽告诉我，他佩服草婴，佩服他的毅力，也佩服他作为一个翻译家的认真和严谨。他说，能把托尔斯泰所有的作品都转译成另外一种文字，全世界除了草婴没有第二人。高莽曾和草婴交流过翻译的经验，草婴介绍了他的"六步翻译法"。草婴说，托尔斯泰写《战争与和平》用了六年时间，修改了七遍，要翻译这部伟大的杰作，不反复阅读原作怎么行？起码要读十遍二十遍！翻译的过程，也是探寻真相的过程，为小说中的一句话、一个细节，他会查阅无数外文资料，请教各种工具书。有些翻译家只能以自己习惯的语言转译外文，把不同作家的作品翻译得如出自一人之笔，草婴不屑于这样的翻译。他力求译出原作的神韵，这是一个精心琢磨、千锤百炼的过程。其中的艰辛和甘苦，只有从事翻译的人才能体会。高莽对草婴的钦佩发自内心，他说，读草婴的译文，就像读托尔斯泰的原文。作为俄文翻译同行，这也许是至高无上的赞誉了。

今天我们读到的这套托尔斯泰的中短篇小说全集，凝聚着草婴先生后半生的心血，其中的每一篇作品，都是他的智慧和心血的结晶。草婴先生的翻译，在托尔斯泰和中国读者之间，在俄罗斯文学和中国文学之间，架起了一座恢宏坚实的桥梁。托尔斯泰在天有灵，应该也会感谢草婴，感谢他的这位中国知音。他用一生心血创作的作品，被一位中国的翻译家用一生的心血翻译成中文，这是怎样的一种深缘。

很多年前访问俄罗斯，有一个很大的遗憾，就是没有去看看托尔斯泰的庄园，没有去祭扫一下托尔斯泰的墓。托尔斯泰的墓，被茨威格称为"世界上最美的，最感人的坟墓"。这位大文豪的归宿之地，"只是树林中的一个小小长方形土丘，上面开满鲜花，没有十字架，没有墓碑，没有墓志铭，连托尔斯泰这个名字也没有"，但这却是世上最宏伟的墓地，因为，里面长眠着一个伟大的灵魂，他在全世界都有知音。

在当时的苏联作家协会的花园里，有一座托尔斯泰的雕像，他穿着那件典型的俄罗斯长衫，坐在椅子上，表情忧戚地注视着每一个来访者。我在他的雕像前留影时，感觉自己是站在一座巍峨的大山脚下。现在，用中文阅读托尔斯泰这些展露心迹的中短篇小说，感觉是走进了这座巍峨的大山，慢慢走，细细看，可以尽情感受山中的美妙天籁和浩瀚气象。

2021 年 3 月 7 日于四步斋